講談社文庫

潜入 味見方同心㈠

恋のぬるぬる膳

風野真知雄

講談社

目次

主な登場人物

月浦魚之進（うおのしん）　頼りないが、気の優しい性格。将来が期待されながら何者かに殺された兄・波之進の跡を継ぎ、味見方同心となる。

お静（しず）　豆問屋の娘。夫・波之進を亡くした後も月浦家に住む。素朴な家庭料理が得意。

月浦壮右衛門（そうえもん）　波之進と魚之進の父。月浦家は代々、八丁堀の同心を務める。

本田伝八（ほんだでんぱち）　魚之進と同じ八丁堀育ちの養生所詰め同心。学問所や剣術道場にもいっしょに通った親友。二人とも女にもてない。

赤塚専十郎（あかつかせんじゅうろう）　南町奉行所定町回り同心。魚之進の先輩。

市川一角（いちかわいっかく）　南町奉行所定町回り同心。五十過ぎの長老格。

安西佐々右衛門（あんざいさざえもん）　南町奉行所市中見回り方与力。

筒井和泉守（つついいずみのかみ）　南町奉行。波之進の跡継ぎとして魚之進を味見方に任命。

麻次（あさじ）　四谷辺りが縄張りの岡っ引き。猫好き。

中野石翁（なかのせきおう）　大名が挨拶に行くほどの隠の実力者。将軍家斉の信も篤い旗本。

北大路魯明庵（きたおおじろめいあん）　売り出し中の美味品評家。超辛口だが評価は的確。身分は武士。

潜入　味見方同心㈠

恋のぬるぬる膳

第一話　ぬるぬる膳

一

「そうか、やっぱりふられたか」

「やっぱりって言うなよ」

「だって、おれもそうだが、お前だってもてたことがないんだから、やっぱりと言う以外に言葉はないだろうが」

「それはまあ、そうなんだがな」

月浦魚之進はうなずいて、

「でも、まだ、いくらかの希望は残ってるんだよなあ」

と、未練がましく言った。

断わられたのは間違いない。だが、その断わられ方に、希望が四月の朝の木洩れ陽のようにちらちらと感じられたのは、勝手な思い込みなのだろうか。

「お前、それは駄目だよ。もう、きっぱりと諦めたほうがいい。だいたいが、お静さんはお前の兄貴に惚れて、あんな大店からけっして豊かとは言えない町方の同心の家に嫁に来たんだ。それが、兄貴が死んだからって、じゃあ、弟のほうになんてことになるわけないだろうが」

そう言ったのは、同じ八丁堀育ちの友人で、養生所詰の同心である本田伝八である。

魚之進と本田伝八は歳も同じで、学問所だけでなく、剣術道場にもいっしょに通った。二人がとくに親しくなったのは、十四、五の元服前後のころで、お互い女をひどく意識しているくせに、まったくもてないという共通点を自覚し合ってからだった。

しかも、二人とももてないなら、さっさと女は諦め、悪所に通うとか、親の勧める娘といっしょになるとかすればいいのに、なまじ惚れた娘と結ばれたいなどという願望を捨て切れないところも同じだった。同じ年代の、女にはもてない仲間たちも、たいがいはそっちの道を歩んで、いまはいい父親となって仕事に精出しているのだ。

ところが、二人ときたら、本田は女の気持ちに近づくみたいな危うい心境になったり、魚之進にしても相手は兄嫁という、これも危うい恋を隠し持ってきていた。

なぜ、ごくふつうの道を歩めないのか。

いま、二人がいるのは、八丁堀の流れが大川に注ぐところにある湊稲荷の境内の裏手にある川岸である。すでに夜は更け、向こう岸にあるお船手組の組屋敷の明かりが、川面に揺らめいている。映った明かりのほうが、実物の明かりよりも忙しく動いて、小さな祭りのように輝かしい。

この境内で十四、五のころから何度、二人で愚痴をこぼし合ったことか。おそらくここの神さまも、二人の愚痴はすっかり聞き飽きて、今宵は耳に栓でも詰められていることだろう。

「それは、おれもそう思うよ」

と、魚之進は言った。

亡くなった兄の月浦波之進は、とにかく道を歩けばかならず女が振り向いて、引き返して、二度も三度もすれ違いたくなるくらい、いい男だった。造りが端正だっただけでなく、目の光の強さがただごとではなく、打ち寄せる波のように襲いかかり、このまま持って行かれたいと思ってしまうくらいだと、娘たちは言い合った。さらに娘たちは、それをひそかに〈波の目〉と呼んで憧れた。

それに比べて魚之進のほうは、いったい誰を見ているのかさえわからぬくらい小さな目で、娘たちは〈魚の目〉と呼んで、できるだけ話題にはしなかった。

兄の一周忌を終え、いよいよお静が実家に帰るという日――。

魚之進は、勇気を振り絞って、思いのたけを打ち明けたのだった。

そして、その返事——。

「じつはわたしも、この家にずっといさせていただこうかと、何度も思いました。でも、それではいつも波之進さんと魚之進さんと二人の妻として生きていくようなことになるでしょう。それは、かならず魚之進さんにつらい思いをさせることになるはずです。やっぱり、わたしたちは難しいと思います」

そして、お静は実家に帰って行った。

以来、十日——。

誰にも言わずに耐えようと思っていたが、ついにこの日、本田伝八には打ち明けたのだった。

「だから、つらいだろうが、諦めろ。おれたちは、諦めることにかけては、たっぷり経験したし、いつか諦められる日が来ることも学んできた。おれたちは、いわば人生諦めの術の達人同士だ」

「嬉しくないよなあ、それ」

「おれだって、嬉しくねえよ。そうだ、魚之進。明日、家に来い」

「なんで？」

「あんこうを持って来てもらうことになってるんだ」

「あんこう？」

「言ってなかったか。おれはいま、そば打ちに飽きて、あんこうを捌くのに凝ってるってことを？」

「聞いてない」

「凄いぞ。見てみろ。あんこうってのは面白い魚だから。それで捌いたら食わしてやる。うまいぞ。だから、明日、かならず来いよ」

「わかった。行くよ」

本田の精一杯の思いやりらしかった。

二

翌朝、日照りのときのタニシのように気合の入らない足取りで奉行所に入ると、先輩の市川一角が、

「お、来たか、味見方。すぐ出るぞ」

魚之進を押し戻しながら言った。

味見方というのは、水戸藩の家老たちが町奉行所に働きかけてつくらせた新しい役目だった。江戸市中の食いものの動向を探るというのは、まさにできるべくしてできた役目のようだが、じつは砂糖や香料など南蛮の食料の抜け荷に手を染めていた連中が、どれくらい自分たちの悪事を把握できるのかを確かめるためにつくらせたものだった。

だが、月浦波之進、魚之進兄弟の活躍によって、その実態は明らかになり、魚之進は暗殺された兄の仇を討つこともできた。

こうなると味見方は潰してしまうかという話もあったが、成り立ちはともかく江戸の町人たちの暮らしを把握するのに必要な役目だというので、南町奉行筒井和泉守も存続を決めていた。むろん、担当するのはいままでと同様、月浦魚之進ただ一人である。

「どうしたんです？」

魚之進は後ろに下がりながら訊いた。

「ぬるぬる膳というのは知ってるか？」

「ああ。深川にある店ですよね。男女の客で大賑わいだとか」

本所深川回り同心の渡辺団右衛門から聞いていた。なかなか箸で摑めない料理ばかり出て、それが受けているのだと。

　だいたい、ぬるぬるする食いものは精がつくと言われるので、惚れ合った男女が喜んで食べるのは当然かもしれない。

「行ったことは？」

「まだないです。近々、行かなきゃとは思っていたのですが」

　なにせ、失恋の痛手で妙なものを食う心の強さが回復できていない。それどころか、嚙む力さえ失ったみたいで、この十日ほどは豆腐とかもずくとか、嚙まなくていいものしか食っていない。

「そこのあるじの巳之吉が殺された」

「はあ」

　同心にはあるまじき心境かもしれないが、失恋の痛手に比べてしまって、見知らぬ他人が殺されたことなど、ほとんど心に響かない。

「報せが来たのが遅かったので、夜番の者が駆けつけ、いまは中間の見張りを置いてきている。たぶん、お前の出番だ。とりあえず、検死にはおれも行くが、つづきはお前がやってくれ」

「麻次は？」

「来てるよ」

麻次というのは兄の波之進ともいっしょに動いていた岡っ引きで、本来は四谷（よつや）が縄張りだが、いまは魚之進の専属みたいになっていた。

綽名（あだな）をにゃんこの麻次。猫が大好きで、いつも七、八匹は家に飼っている。今日も着物を毛だらけにして来ていた。

市川一角と、中間が三人と、総勢六人で深川に向かった。

魚之進の足取りは重くなる一方である。せめてひと月くらいは、殺しなんてものとは関わりたくなかった。

永代（えいたい）橋を渡りながら、市川一角が魚之進を見て、

「雨に降られた照る照る坊主みたいな顔をしているな」

と、言った。正面にまだ初々しい陽射（ひざ）しがあって、渡る人の顔を微妙な表情まで照らしている。

「そうだと思います」

それはそうだろう。願い叶（かな）わずだったのだから。その願いの強さといったら、照る照る坊主で晴れを願う強さなど、比べるべくもない。

「人生は、奉行所にある捕物（とりもの）帳のひと綴（と）じ分ほどにはいろいろあるからな」

「いっぱい悪事をなすということですか？」

「悪事をなすかは人による。悪事の原因てことだ」

「ははあ」

「思いたくないが、男の人生の大半は、金と女の悩みでできている。それが三十数年の奉行所暮らしで学んだことだ」

「それはほんとに思いたくないですね」

だが、半分くらいが女の悩みというのは当たっているかもしれない。金のことでは、けっして恵まれて来なかったが、それほど悩んだことはない。

富岡八幡宮（とみおかはちまんぐう）の一の鳥居を過ぎて、少し行ったあたりで、

「そこだな」

市川一角が言った。

奉行所の中間が立っていて、市川を見ると、頭を下げた。

「意外にこぎれいな店構えですね」

魚之進は言った。

なんとなくうなぎの背中みたいな、黒っぽくて脂ぎったような店を想像していた。だが、壁も柱もぬるぬるしているような店だったら、食う前に逃げ出したくな

るだろう。

店のなかに入ると、夜番だったらしい吟味方の竹内万右衛門が眠そうな顔をして玄関口に座っていたが、市川を見ると、

「あ、市川さん」

と、立ち上がった。

「現場は？」

市川が竹内に訊いた。

「こちらです」

一度、店のなかに入り、小部屋が両側に三つずつほど並ぶあいだの廊下を通り、突き当たりの厠のわきで、店が用意してあったなぜか女物の下駄に履き替え、塀と木立のあいだの砂利道を十数歩進んだ。砂利は一粒ずつ選んだ米みたいに真っ白で、神社の境内もここまでは白くない。

茶室みたいな離れがあった。茶室でないのは、にじり口を入るのでなく、ふつうに戸を開けて入るのでわかった。

玄関の前が三畳ほどの板の間で、その奥の襖が開いていて、なかに男が倒れているのが見えた。

一目見て、血まみれであることはわかった。とても直視できない。サッと目を横にやる。

魚之進は検死が苦手である。死体を前にするときはいつも、これが死んだふりをしていてくれているといいのにと思う。それを先輩たちに相談すると、誰もが「慣れだ」と言った。だが、面倒見がいいので知られる本所深川回りの渡辺団右衛門には、「ただし、ふつうのやつは四、五人目くらいで慣れるが、お前は百人くらいかかりそうだ」と言われた。百人も死体を見たくない。

市川は、新米が捌き終えたふぐを確かめる板長みたいに説教臭い調子で、

「柳葉（やなぎば）包丁みたいなもので、まず胸を一突きかな。倒れたところを喉。おっ、魚之進、これを見ろ。さらに下腹部も刺してるな」

と、言った。

魚之進は横を見たまま、

「下腹部ですか？」

わざわざそんなところを、刺さなくてもよさそうである。

「下手人（げしゅにん）は女だな」

市川は断定した。

「そうなので」

「男のソレも憎かったんだろう」

「なるほど」

「恨みだな」

「ええ」

魚之進は聞くだけで、下腹部がチクチクと痛くなってきた。

「恨まれそうな面(つら)してやがる」

「そうですか」

「ほら、見てみろ。魚之進」

「はあ」

見たくないが、見ざるを得ない。

できるだけ身体(からだ)のほうは視界に入らないように、首を思い切り曲げ、右のぎりぎり端のところで死に顔を見た。

色白に見えるのは死んでいるからだろうが、鼻筋が通って、口元も締まっている。眉毛もきりりと一文字。あいにく、これも死んでいるから目は閉じているが、ほどよく奥まっていて、開いたらかなりの輝きを放ったことだろう。

なるほどいい男だった。

三

検死が終わった巳之吉の遺体は、近くの住まいのほうに移されることになった。

今夜が通夜になるらしい。

遺体が早桶に納められ、運び出されて行くのを見ながら、

「じゃあ、あとは頼んだぜ。お前はもう立派な同心だ。自信を持っていいんだぞ」

市川一角は、魚之進の肩を叩いて、奉行所に帰って行った。

それと入れ替わるように、あらたな野次馬たちが四、五人、駆けつけて来た。連中を野次馬と言うと、怒るかもしれない。瓦版屋なのだ。だが、野次馬を商売にしていることに変わりはない。

そのなかに、顔見知りの味見師の文吉がいた。

「文吉さん、やけに早いね。もう、聞いたのかい？」

「じつは、昨夜、小網町の料亭に、もっとも権威のある江戸百店を選別するため、行司役になる者が集まっていましてね、そこへぬるぬる屋のあるじの巳之吉が挨拶

に来ることになっていたんですよ」

「百店のなかに入れてくれってかい？」

「いや、さすがにそんな図々(ずうずう)しいことは言わないと。ただ、百店とは別に、話題になっている頓智(とんち)の利(き)いた料理屋を紹介してもいいのでは、という頼みだったようです」

「なるほど」

「料理の腕は知りませんが、とにかく口のうまい男だったみたいで、行司役の一人はすっかり丸め込まれていたくらいですよ」

「ほう」

「だが、結局、来ませんでしたでしょ。それで、そのうちの一人が家が近いので、朝、来てみたらこの騒ぎじゃないですか。そいつはさっそく方々に報せて回ったというわけでして」

「そういうことか」

「下手人の目星はつきましたので？」

と、文吉は店の奥をのぞき込むようにして訊いた。

「いや、まだだよ。文吉に心当たりはあるかい？」

「あっしは何の面識もないのでね」

「ここのあるじになる前のことは聞いてないかい?」

「それがいろんな話があるみたいです。京都の料亭で修業していただの、外海に出る船に乗っていたので、魚のことならなんでもわかるだの、どうも話がこれみたいだったようですぜ」

文吉は、眉に唾をつけるしぐさをした。

そこへ——。

「ぬるぬる屋が殺されたんだって?」

と、大きな声がした。

見ると、総髪を後ろで束ね、着流しに刀を一本だけ差した、大きな男がいた。身の丈は六尺ではきかない。それに二、三寸は上乗せしているだろう。腕が二本では足りなく感じるほど胴も長い。

さらに大きな声で、

「あまりにもまずいものを食わせたから殺されたんじゃないのか?」

などと、無神経なことを言った。

「誰だい?」

魚之進は文吉に訊いた。

「最近、売り出し中の男で、美味品評家こと、北大路魯明庵という男です」

「あ、あいつがそうなんだ」

聞いたことがある。というより、瓦版の記事で読んだ。

「美味品評家というのは、瓦版屋がつけた肩書で、本来は武士ながら、陶芸は玄人はだし、食通で、自分でもつくるが、批評もします」

「ふうん」

「だが、あまりにもきつい言葉に、貶されて命を絶った料理人もいるという噂です。ふらっと食いに来て、料理が気に入らないと、〈おそまつ料理　認定〉と書かれた皿を残していくんです。この皿を捨てずに取っておくと、それが高値で売れたりするくらいだというんですから、呆れちまいますよ」

「へえ」

魚之進は死んだ河内山宗俊を思い出していた。あの人も、まずい料理にはかなり手厳しかった。

「料理は遊びではない。料理は人生の要だ。完成の域に達したうえで遊び心を加えるのはけっこうだ。だが、始めから遊びでつくっている料理じゃ、たちまち飽きられる。遊びとわかっていて喜んで食べるのは、女子どもだけだわな。あっはっはっは」

納豆の粒を親指の大きさにしたみたいな、無意味に大きな笑い声を上げ、肩を揺すりながら立ち去って行った。

四

瓦版屋だの、美味品評家だのがいなくなって、いよいよ調べに取りかかる。

まずは、住み込みの板前や仲居の話を訊こうとしたとき、

「あのう。あたしはここの仲居の頭をしている蝶子(ちょうこ)といいますが」

四十くらいの女が声をかけてきた。

「なんだい?」

「店のほうはいつもどおりに開けてもよろしいでしょうか?」

「え?　店主が殺されたというのに?」

「女将(おかみ)さんは開けたいと言ってましたて。もちろん、離れのほうには行かせないようにしますので」

「女将さんがな」

「そうなんですよ」

蝶子は困った顔で笑った。

「その女将さんの話を訊きたいものだな」

そんな態度だったら、まず下手人の疑いをかけたい。

「生憎と、仕事で品川に行ってしまったんです」

「行ったって、今朝になってかい？」

「はい」

「それは行ったんじゃなくて、逃げたんだろうよ」

「逃げた？」

「亭主を手にかけたかもな」

「それは無理ですよ。女将さんは、昨夜はずうっともう一つの店にいたそうです」

「ふうん」

だが、自分でやらなくても、他人にやらせるという手もある。

「品川に新しく店を出すんです。ぬるぬる膳の二店目を」

「それにしたって、亭主の遺体を置いたままだろうが」

「そうですよね。でも、通夜には戻って来ると思います」

「だが、戻って来ても、喪服じゃなく、振袖でも着て来るんじゃないのか？」

魚之進は、嫌味を言った。

「それで、この店なんですが、開けたらまずいですか？」

「そりゃあ、自分たちがやると言ってるんだから、奉行所が止めたってしょうがないだろうな」

魚之進は呆れた調子で言った。

「ありがとうございます」

蝶子はホッとしたように頭を下げた。もしも魚之進が駄目だと言ったら、蝶子は女将からかなりの叱責を蒙るはずだったのだろう。その女将のご面相を想像するに、作り笑いをした閻魔さまといったところではないか。

「でも、客が来るか？　そろそろ瓦版も出回ってるんじゃないのか？」

と、魚之進は訊いた。

「ええ。逆にいま、来たいという問い合わせがどんどん入ってきています。もちろん旦那さまのこともわかったうえで」

「そうなんだ。まったく江戸っ子の物見高いのには呆れるよなあ」

「また、うちのお客さんはとくにそうみたいです」

「まあ、おれたちも、調べのためにはふだんと同じほうがいいしな」

昨夜のこの店のようすがわかるほうが、殺しの手口も想像できるというものである。

「そうなんですね」

「おいらたちも、そのぬるぬる膳を食べてみるよ。席はつくってもらえるかい？」

「お役人さままたち全員？」

蝶子は不安げな顔をした。

「いや、向こうにいる中間たちはいらない。おいらとこの親分と二人分だ。もちろんお代は払うぜ」

「いえ、お代はけっこうですが」

「そういうわけにはいかない。いくらするんだい？」

「お一人さま、銀一匁（もんめ）（約二千円）を頂戴しています」

「百文か。取るもんだねえ」

「ですから、お代は」

「いや、払うよ」

「ありがとうございます」

昼近くなると外に客が並び始め、調理場の支度が整うと客を入れるのだが、たちまち満席になった。

小部屋を使わない客は、板張りの大広間のほうに入る。客の数によって、座布団と小さな屏風(びょうぶ)でかんたんな小部屋のようにする。その手際は見事なものである。畳敷きにして五十畳ほどあるのだろうか。そこへ六十人くらいの客が入っている。小伝馬町の牢(ろう)だって、こんなには入れない。それでも客はにこにこしているのだから、これは物見遊山のようなものなのだろう。

魚之進と麻次は、客席全体を見渡せる端のほうに席をつくってもらった。小屏風は座った客の首あたりまでの高さで、食事をする手元まではのぞけない。どんな失敗をしても、その手元までは見られずに済む。

「お待たせしました。ぬるぬる膳です」

と、蝶子ではない仲居が二つ重ねた膳を運んで来た。まだ、十五、六といったところだろう。頬が赤く、柑橘(かんきつ)系の見た目をしている。

これに酒をつけることはできるが、ほかに頼める料理はない。この店は、ぬるぬる膳だけしか出さないのだ。魚之進たちはもちろん仕事中であるから、酒などは頼まない。

「ほう」

なかなか立派なお膳である。品数も多いし、器もきれいである。もっとも一匁も取るのだから、これくらいの見映えは当然かもしれない。

魚之進と麻次の前にお膳を置くと、

「気をつけてお召し上がりください」

と言って、引き下がって行った。話を聞きたかったが、とてもそれどころではないだろう。

すでに客席のあちこちから、嬌声（きょうせい）や笑い声がしている。

「どれ、おいらたちも」

魚之進はそう言って、里芋の煮っころがしから箸をつけた。つまんだと思えば、するりと抜ける。そおっと持ち上げてもぽろっと落とす。

箸は細くて丸い塗りの箸である。しかも、先っぽから頭のところまで、太さがいっしょなのだ。これだと、どんな食いものだって、つまむのに苦労する。厚めに切った沢庵（たくあん）だってつまみにくい。つまむのを諦め、突き刺して持ち上げようとすると、今度は刺さったまま滑って、手元まで来てしまう。戻そうとしたら、ついには膳からこぼれ、板の間に。

「あらら」

勿体ないので手でつまみ、口に入れた。

味は悪くない。

麻次は、イカの刺身のとろろかけから箸をつけた。

「おっとっと」

つまんだと思えば、箸から滑り落ちる。小さな雪崩をつくっちゃ落とすという遊びみたいである。

ほかの献立はというと――。

じゅんさいとなめこの和え物。

あんこうの皮の薄造り。

鯛のこんにゃく巻。

うなぎの昆布巻。

あんかけ豆腐。

布海苔をつなぎにした越後のへぎそば。

黒豆と寒天の黒蜜がけ。

といったもので、すべて、ぬるぬるつるつるするするものばかりだった。

「いい加減苛々（いらいら）してきますね」

麻次はそう言って、ついにはどれも皿を持って口に近づけ、すすり込んだ。

「それじゃあ駄目なんだ。ほかの客を見てみなよ」

皆、箸から落としちゃ笑い、手でつまんでは爆笑している。

たいがい、男女の連れである。

「ははあ」

麻次も悟ったらしい。

これは、食事ではない。遊びなのだ。男と女が面白いものを食べ、笑い合っているうち、心も打ち解ける。

いつの間にか、いい仲になっているという寸法だ。

「流行（はや）るわけがわかったぜ」

と、魚之進は言った。

「確かにねえ」

麻次もうなずいた。

男二人ではそうそう笑い合ってもいられず、もう一度、現場の離れを見ることにした。

離れは、広間の客からはまったく見えない造りになっている。小部屋のほうからもわからない。

入口には、〈貸し切り中〉と札が下がっていた。店主の霊魂と、下手人の恨みが貸し切ったのかもしれない。

なかに入ると、畳の血はきれいに拭き取ってあったが、まだ錆びのような臭いがしている。障子を開け、外の空気を入れた。

ここには専用の庭があり、広間から見える庭が、三流の寺の枯山水ふうだったのに比べ、こちらは無造作な草原ふうである。

いかにも密会用につくったみたいである。

「なるほどなあ」

魚之進は、朝の遺体の倒れ方を思い出しながら、下手人がどこに座り、どんなふうに刃物をふるったのかを想像した。遺体があったままだったら、とてもそんな想像はできない。だが、遺体がなければ、美人の客を観る易者のように、じろじろと見つめることができる。どんな小さな手がかりも見逃さない。

「庭に凶器を捨てたりはしてないよな？」

麻次に探させた。

「ありませんね」

「とすると、持ち帰ったんだな」

それから魚之進は仲居頭の蝶子を呼んだ。

蝶子は忙しく働いていたらしく、上気してうっすら汗ばんでさえいる。それでも、「訊きたいことがある」と言うと、

「なんなりと」

と、言ってくれた。

「ここは、ふだん、どんな客が入るんだい？」

「特別な上客用です」

「では、お膳も別なんだな？」

「いいえ。お膳は同じです。その代わり、ここには半刻（一時間）ほど誰も近づきませんん。いわば場所代みたいなものです」

「なるほどなあ」

急に、部屋のなかがやけに艶めいて感じられた。そういえば、座布団の色は紫で、襖に描かれた山は、胸のふくらみに見えなくもない。

「昨日は使っていないはずだったんです。少なくとも、仲居は誰も案内していません」

「じゃあ、旦那が入れたのかい？」

「そう思います」

「裏口は？」

「あります」

「あるのか」

魚之進は少しがっかりした。ないとなれば、どこから入って、どこから消えたかという大きな謎が生まれるのだ。それを解き明かすにはかなりの知恵が必要になるだろうし、解決した暁には、ほうぼうから称賛の声を頂戴することになるだろう。だが、裏口があるのでは、なんの謎もない。

蝶子は庭に向いた縁側の下から朝も履いた女物の下駄を三人分出し、自分でもそれを履いて、庭の隅に出た。黒板塀のそばにより、閂が掛かっていたところを持ち上げて外した。

「ほら、ここから裏通りに出られます」

人通りの少ない狭い裏道が見えた。

「ほんとだな」

閂の上にはのぞき窓もある。

「外からは開けられません。外に出て戸を閉じれば、自然に閂が下りる仕組みです」

蝶子は、自分は出ないで、いったん開けた戸をぱたりと閉じてみせた。その衝撃で、閂ががちゃりと下りた。

「ほう。よくできてるなあ」

「昨日もちゃんと閂はかかってました」

「そうか」

あるじの巳之吉が、下手人を招き入れたのだ。

それが誰なのか。もちろん知り合いに違いない。

謎は別にない。

その客を突き止めればいいだけ。だが、それはかなり難しいだろう。

それからさらに、店の板前や仲居たちに一人ずつ話を訊いたが、手がかりになるようなことはなにも聞けなかった。女将にはぜひ会いたかったが、まだ戻らない。仕方がないので、通夜に出直すことにした。

今日はさすがに夜まではやらない。夕方で閉めるらしい。いつもは、戌の刻（午後八時前後）あたりまでやるらしい。

最後の客だった男女の連れが、こんなことを話していた。

「笑い過ぎて疲れたね」

と、娘が言った。

「ああ。でも、笑いながら食べたら、なんでもうまくなる気がしないか？」

若い男が言った。

「うん、おいしかったね」

その会話で、魚之進は食べもののおいしさについて考えさせられた。今朝がた美味品評家の北大路魯明庵が、「料理は遊びではない」と言い切っていたが、いちがいに言えることではないかもしれなかった。

五

巳之吉の通夜は、麻次に見張ってもらい、魚之進は本田伝八との約束があるので、それを済ましてから駆けつけることにした。

本田は今日も早々と八丁堀の家に帰っていた。養生所詰という職務は、本田によると休息がきわめて大事で、奉行所の定刻といっしょに働いていたら、とても身が持たないらしかった。

今日も母屋には挨拶なしで、本田の料理小屋に入った。小さな、畳もなにもない土間だけの部屋だが、料理の道具はたいがい揃（そろ）っている。この前は、ここでそばを打ってもらった。兄の波之進もいっしょだった。

「来てるぞ」

と、本田は大きなまな板に載った、奇妙な物体を指差した。

「これがあんこうか」

魚之進は目を瞠（みは）った。

やけに丸く、体長は三尺に近い。

どう見ても魚とは思えなかった。海にいることは間違いないのだろうが、タコを魚の仲間とは言いがたいように、これも魚とは別の生きものみたいだった。

「お前でも見たこと、ないのか？」

「ああ。全体のままでは初めて見た」

魚之進は同心になる前はずいぶん釣りをした。それで、こづかいまで稼いでいたほどである。だが、ずいぶん深いところにいるというあんこうは、さすがに釣ったことがない。

だから、まともに顔を見るのは初めてである。

「食ったことは？」

「あるけど……」

食ったのは、芝の海辺にある老いた元漁師がやっている飲み屋で、それはあんこう鍋というより、なんでもぶち込む鍋にたまたまあんこうの切り身が入っていて、黒い皮がなんなのか訊いたとき、「そりゃあ、あんこうの皮だ。そっちが、あんこうの身だ」と教えられただけだった。

「凄い顔だろう」

「ああ。おれみたいだ」

と、魚之進は言った。

「いや、お前もあんこうよりはましだよ」

「だが、こいつは魚だぞ」

「え？」

「おれが魚だったら、こいつくらい不細工だったかも」

「魚だったらか。あっはっは」

本田伝八は自分の顔のことを忘れたみたいに、面白そうに笑った。魚之進の顔が、魚ならあんこうに似ているとしたら、本田の顔はウマヅラハギに似ている。髪が薄くなってきているので、鱗の取れてきたウマヅラハギ。

「海の底のほうにいるんだろう？」

と、魚之進は訊いた。

「そうらしい」

「海の底を流れるどぶの川にいるんじゃないのか？」

「そんなものあるもんか」

「あるいは、海の底に溜まるほかの魚の糞を食っているから、こんなふうになったとか」

「それもないよ」

「バチでも当たらなきゃ、こんな顔にはならないぞ」

「何のバチだよ」

「善悪と美醜は関係ないのか」

「そりゃあ関係があったら、おれたちは困るぞ」

「確かに」

　と、魚之進はうなずき、

「そういえば、いま調べている殺しは、殺されたのは凄い美男で、どうもひどいやつだったみたいだ」

「そうだろうな」

　本田伝八は、その巨大なあんこうを持ち上げ、天井から吊るしたカギに、歯のところを引っかけた。

「何するんだ？」

「このままだと、捌きにくい。それで、こうやるんだ」

　口から水をたっぷり入れた。

　あんこうの腹が水でふくれ、十年前まで相撲取りをしていて、いまはただのデブというような体形になった。

「へえ」

「こうすると、皮を剝ぎやすいのさ」

「だが、凄い口だな」

魚之進はあんこうの口を指差した。あんこうは顔が不気味なくらい大きい。その大きな顔が真っ二つに分かれるくらい、口も大きい。しかも、ギザギザの、いかにも意地悪そうな歯がずらりと並んでいる。

「食えないのはこの歯だけだ」

「そうなのか」

「ここを見ろ」

と、本田伝八は顔の額に当たるところを指差した。

「どこ？」

「ほら、紐（ひも）みたいのがあるだろう？」

「あ、ある」

「これは海中にいるとき、光るのもあるらしい。提灯（ちょうちん）みたいなものだ」

「光る？」

「ああ。海の底は暗いので、これで前を照らしながら進むんじゃないか」

「ほんとか？　そんな洒落たことするか？」

「これで小魚をおびき寄せて食うという人もいる」

「そっちのほうがほんとらしいな」

皮を剝ぎ、部位別に切り出していく。

捌き終えると、皮などを水で洗ってぬめりを取り、ぶつ切りにしたうえで、いったん下茹でをし、もう一度、冷たい水につけた。

「けっこう手間がかかるんだな」

「あんこうは下ごしらえが大事なんだ」

「臭くないのか？」

魚之進は顔を近づける気になれない。ずっと三歩ほど離れたところで見物していた。

いまや、ばらばらになってしまったが、あんこうの皮は黒かった。同じ黒でも、漆器の塗りは美しいが、あんこうの黒は茶色がかって、美しいとは言いがたかった。

「独特の臭みがある」

「だよな。どう見たって臭そうだ。鮎なんか、どう見たっていい匂いだ」

「ところが、ちゃんと下ごしらえをしてやると、この不細工で臭い魚が、鮎なんかに負けないくらい、うまくて、しかも滋養たっぷりの食いものになるのさ」

「なるほどなあ」

魚之進は感心した。まさに、人間といっしょではないか。不細工で、独特の臭みがある人間も、下ごしらえというか、おのれを鍛え、学ぶことで、きれいな鮎のような人間を越えることができるのではないか。あんこうは身をもって、この世の大事なことを教えてくれていた。

凄い量である。

今日、二人で食べる分を分け、あとは近所のあんこう好きにお裾分けするのだそうだ。

肝は別に乾煎りをし、それを鍋に溶かすように入れた。

ニンニク、生姜、ネギもたっぷり入れた。醤油と酒で味をつける。

ぐつぐつ音を立て始めた。

「もう、食えるぞ」

箸をつけた。ぬめりが落とされているので、皮のところもつまめないことはない。ぬるぬる膳はどうしていたのか。臭みは感じなかったので、ちゃんとぬめりは落としたのかもしれない。

「うまいな」

魚之進はしみじみと言った。

「うまいだろう」

「深い味がする」

「そうなんだよ」

「これぞ男の味だ」

あんこうはあらかた食いつくした。

最後は汁に冷や飯を入れ、玉子をとき、おじやにした。

「ああ、最高だ。幸せだ」

魚之進は、腹も心も満足した。

「お静さんのことは忘れろ」

「それは別の話だ」

「なんだよ」

「でも、元気は出た。不細工、バンザイだ」

「そうだ、そうだ。不細工は最高だ」

二人で怪気炎をあげつづけた。

六

あんこうを食べたあと、巳之吉のお通夜に顔を出したが、なんとも寂しいお通夜で、店の連中がいなくなると、もうお開きにするという。あれだけ人気のある店のあるじが死んでも、こんなものなのかと思うと、なにかしっくりいかない気持ちがある。それというのも、喪主である女房に、あまり悲嘆しているようすが感じられないからかもしれない。

女将はいちおう早桶の隣に、三人分ほど空けて、つまらなそうに座っていた。顔立ちは、つくり笑いをした閻魔を想像していたが、むしろ気のいい下町のお多福顔に近かった。

魚之進は、その女将を手招きして、

「ちっと話を聞かせてもらいたいんだ」

「なんでしょう？」

女将は、哀しんでいるというより、うんざりしたみたいな顔で言った。

「もちろん、巳之吉殺しの下手人のことだよ」

「あたしには見当もつきません。ただ、誰かに恨まれても、不思議はない人でしたね」

「女将さんにも？」

「あたしが？」

「ご亭主を恨んでなかったと？」

「…………」

女房は魚之進の顔を、目を細めてしばらく見入ったあと、

「あたし、下手人じゃありませんよ」

と、言った。

「そうなの？」

魚之進が思わずそう言ったのは、やはりこの女房を疑っていたからだろう。

「愛想はつかしていましたが、わざわざ殺したりするほど馬鹿じゃありませんよ。叩き出せば済むことですし」

「そんなことできるのかい？」

「できますよ。あの店の家作だって、あたしのものですし。ま、あそこで稼いだ分くらいは持たせてやってもいいですけどね」

「なるほど」

この女房は、実家が札差をしている金持ちで、しかも女将さん自身もやり手で、料亭二つのほかに湯屋も経営し、さらに長屋を三ヵ所ほど所有しているというのは、仲居の一人から聞いていた。

「巳之吉さんはいくつだったんだい？」

「三十です」

「小耳に挟んだんだけど、女将さんは五つ歳上だとか」

「歳上じゃいけないんですか？」

「そ、そんなことは言ってないよ。ただ、女将さんからすると、最初の亭主だったのかなと思ってさ」

「二人目ですよ」

「最初の旦那ってのは、いま、どこに？」

「どこですかね。蘭学を学びたいとか言ってたから、長崎あたりじゃないですか」

「別れたのは？」

「三年前ですよ」

「その前の亭主が巳之吉を恨んでたってことは？」

「ないですね。巳之吉のことなんか知りませんから」

「なるほどな」

魚之進はうなずき、ちらりと仏のほうを見た。

「線香が切れてるぜ。あげてやったほうがよくないか？」

「いいんですよ。それより、ほかに訊きたいこと、あるんでしょ？」

いかにも早く切り上げてくれというように言った。確かに、この素っ気なさでは、人殺しまでするような恨みにはならないかもしれない。

「あの店を始めたのはいつだい？」

魚之進は、気を取り直して訊いた。

「二年前です。この人が言い出した話でね。もともとは別の料亭をしてたんですが、話を聞いたら面白かったんでね」

「巳之吉が持ち込んだんだ？」

「ええ」

「巳之吉は二年前までなにを？」

「ほかの店で板前をしていたと言いましたが、怪しいものです」

「怪しい？」

「沢庵だって切れないと思います」

「でも、ぬるぬる膳はつくったんだろう？」

「自分じゃなにもしませんよ。板前を雇って、口であれこれ言うだけです。口の切れは、包丁どころか名刀正宗（まさむね）みたいでしたから」

　女将はそう言って、口が縦になるのではないかと思えるほど、皮肉に満ちた笑みを見せた。

「だが、あんこうの皮も献立に入っていたぜ」

「ああ、ありますね」

「あんこうは知ったやつじゃないと調理が難しいんだ」

　にわか仕込みの知識をひけらかした。

「そうなんですか」

「それを知ってるってことは、ある程度、魚にも詳しいんだろうが」

「そのへんはどうなってたんだか？」

　女将は首をかしげた。

「どこで知り合ったんだい?」

「この近くの飲み屋です」

「いい男だったからな」

「どうですかね」

「美男だったじゃないか」

「いま思うと、目が曇ってましたね。ただ、そのとき聞いたぬるぬる膳の話が面白かったんですよ。あたしは、面白いことを考える男ってのは好きなんです。顔だけで惚れてるわけじゃないんですよ」

「だったら、なんで冷めちまったんだい?」

「面白かったのは、ぬるぬる膳の話だけだったからですよ。あとは、ぺらぺらしゃべるだけで、中身はなんにもない。あんなにつまらない男もいませんね」

「あんこうとは大違いだな」

「え?」

「いや、こっちの話。それで、巳之吉を殺したのは、おそらく女だろうって当たりをつけているんだが、女将さんが思い当たる女ってのはいないかい?」

「あの人は、ぬるぬる膳は、一人で食べに来ても楽しめるんだと、ずいぶん吹聴して回っていたんですよ」

「一人でも？」

「やっぱり一人で来た人をいっしょにさせるんです。二人きりだと恥ずかしいけど、五、六人ずつ向かい合わせにしたりして、そのうち一組二組はいい仲になっちまったりするんだそうですよ」

「へえ」

「しかも、これぞと目をつけたのは、自分が相手になったりもしてたんです」

「そりゃあ、女将さんからしたら許せないね？」

「最初にわかったときは怒りました。でも、あの人は怒っても無駄なんですよ。自分の言葉も軽いけど、他人の言葉はもっと軽いんですから」

「そうか」

「ま、そうやって手をつけた女のなかには、恨みまで持つのだっているでしょうよ。その一人だと思いますよ、あたしは」

　そう言って、不貞腐（ふてくさ）れたようにそっぽを向いた。

　女将の話からでは、まるで埒（らち）が明かない。

　だが、殺しのことで悩むうち、魚之進はお静のことを少しだけ忘れていた。

七

そのお静だが――。

帳場からもどった長兄で〈大粒屋〉のあるじの長右衛門の給仕をしていた。いくらこの家の者でも、出戻った女がなにもせず、大きな顔はしていられない。

長兄は飯の茶碗を受け取り、

「お静も台所仕事をするより、店に出てみてはどうだ？　もう一度、看板娘くらいやれそうだぞ」

「無理ですよ」

「だが、つまらなそうだぞ」

「つまらないというより、雨に降られた照る照る坊主みたいな気分。役に立たない情けなさとみじめさ」

お静はそう言って笑った。

「月浦の家にいたほうがよかったのかな？」

「そんな……」

「じつは、おやじたちとそれも話し合ったのさ。向こうのお舅さまに頼んで、魚之進さんの嫁にしてもらおうかと」

「…………」

顔が赤らんだ。

それは自分もそう思った。あの人たちが兄弟でなかったら、自分は間違いなく、魚之進のお嫁にしてもらっていただろう。

——でも、わたしにも、魚之進さんの前にも、かならず波之進さんの姿が立ちはだかる。影が横切る。それが消えるときはぜったいにやって来ない。やがて、魚之進さんもわたしも、そのつらさに耐えられなくなる……。

そこまで考えたとき、

「旦那さま」

と、番頭の松蔵がやって来た。

「ん？」

「また来てました」

と、文のようなものを見せた。

長兄の表情が厳しくなった。

「佐助に泊まり込んでもらうことにしました。三人で、帳場の裏の部屋に寝てもらいます。それと、犬を飼うのもよいのでは？」

「そうだな」

と、長兄はうなずいた。佐助というのは若く、腕っ節の強い手代である。町道場で剣術も習っている。それに、長兄は犬が嫌いだったのに、それを飼ってもいいというのはどういうことなのか。

「旦那もお気をつけて」

松蔵はそう言って、引き下がった。通いの番頭である。

「兄さん、なにか？」

お静は訊いた。

「いや、つまらないことだ」

長兄は苦笑した。

だが、お静はひどく気になった。

八

月浦家の朝は、お静がいなくなって、なんとなく静かになった。

お静がうるさかったわけではない。とくにおしゃべりだったわけでもない。それでも若い女がてきぱきと動くと、そこに活気が生まれ、心地よい音も生じたのだった。

いまは、近所の町人の家から、五十代のおかみさんが手伝いに来てくれている。手伝いと言っても、朝飯を炊いて、おかずを並べてくれるだけである。あとのことは、男二人が自分たちでする。

ただ、このおかみさんがつくる朝飯がなんともぴりっとしない。

味噌汁はしょっぱいだけ。

飯も少し芯がある。

父もそれは充分感じているはずだが、口にはしない。言ってもしょうがないことだとわかっているのだ。

知らない同士の修行僧のように、二人は向かい合って黙々と食べ、先に魚之進が箸を置いて、

「行って来ます」

と、家を出た。

歩きながら調べのことを考える。

もはや訊き込みしか手はないように思える。

一昨日の夜、女が慌てていたか、血相を変えていたかして、逃げるように通り過ぎるのを見なかったか。

これをひたすら訊いて回ることにした。

ありがたいことに、黒江町のなかに一つだけぽつんとある大名屋敷で、加賀藩の抱え屋敷が出している辻番があり、そこの年配の武士が覚えていた。

「亥の刻（午後十時前後）の少し前くらいだったかな。若い女がもつれるような足取りで、向こうに駆けて行った」

指差したのは、北のほう、久中橋が架かるあたりである。

「返り血も浴びていたかもしれぬ。裾に泥のようなものがついていた」

と、年配の武士は言った。

「泥ですか？」

「血だったかな。どっちにせよ、目立たない着物だった。一瞬、不審に思ったが、女にはなかなか声をかけにくいものでな。それに声をかけても、返事をしたかどうかはわからぬぞ」

「はい。そう思います」

「提灯も持たぬわりには速足だった。ここの明かりや運河の水灯り（みずあかり）を頼りに駆けていたのだろう。だが、ときおり転びそうになっていたのは、動揺していたからか、それとも、そう若くはなかったのかもしれぬな」

見事な観察眼だった。出世はしなかったが、発句などをものして、同僚たちからは一定の信頼と尊敬を得てきたという感じがする。

「なにかあったか？」

武士に訊かれ、魚之進はかんたんに事件のことを話した。

「そうか。女が男を殺したのか。それは男が悪い。女に人殺しをさせるような男は、悪いに決まっている」

このあとが、なかなか見つからない。

一日中、麻次と手分けして訊ね（たず）歩いたが、そういう女を見かけた話はまったく出て来ない。どこか近所の女だったのか。すぐに自分の家に逃げ込んでしまったのか。

やがて、夜になり、ちょうど女が逃げた刻限になった。

町の明かりがずいぶん少なくなった。

油堀西横川に架かる緑橋のたもとに出ていた夜鳴きそば屋のあるじが、

「そういえば……」

と言って、口をつぐんだ。

「見たのかい？」

「……」

返事がない。

歳は六十に近いかもしれない。歯はほとんどなくなっているのだろう。鼻から顎までが極端に短い。頬に、深くはないが、長い傷がある。両目の下に、涙でも我慢したというより目ヤニを溜め込んだみたいな、大きな袋ができているのが目立っている。暗いからまだいいが、明るいところでこのおやじがつくる食いものは食いたくない。

「女が通ったかって？　そばは食ってないよ。あの晩は、女の客は一人も来なかったからな。若い女は通ったかもしれねえ。そんな気はする。だが、おれは見てないよ。見ないようにしてるんだ。世のなかは、ひどいことだらけだからな、できるだけなにも見ないようにして生きてるんだ」

ひねくれたおやじだった。

「捕まえさせたくないのかな？」

と、魚之進は訊いた。そういう人間がいても、なんの不思議もないと思う。自分で悪事をする元気はないが、善人より悪党のほうに共感を示すやつ。

「そんなわけないでしょうよ、旦那」

おやじはにたりと笑った。

こういうおやじには、これ以上訊いても無駄である。だが、ここを通ったのは間違いなさそうだった。

緑橋のほうに来たなら永代橋は渡らない。北に向かったのだ。

豊島橋を渡り、西永代町と富田町のあいだの細道の角に、格子窓に明かりを点した家があった。なかに女の顔が見えている。

「煙草屋かな？」

魚之進は麻次に訊いた。

「いや、煙草も売るでしょうが、ほんとに売るのは、一足早い春でしょう。あそこは私娼窟ですよ」

「麻次、訊いてくれよ」

魚之進が苦手な女たちである。

「旦那。もう、そろそろ慣れないといけませんよ。あっしがわきにいますから、お訊きになったほうがいいです」

「そうだな」

と、魚之進はうなずき、

「ちっと訊きたいんだ」

窓の前に立った。白粉の匂いが、窓のなかから押し寄せてきた。

「あら、若くて元気そうなお侍。煙草なら高くしときますよ。ほかのほうなら、安くしときますよ」

「あ、生憎だが、ど、ど、どっちでもないんだ」

背中から脂汗がどろどろと流れ出るのがわかった。ガマになった気分である。

「だったら、そこ、どいてよ」

「訊きたいことがあると言っただろう」

「線香一本で一匁よ」

「線香一本が一匁？　それは高いな」

「それより、一昨日の晩なんだが、ここを若い女が、血相を変えて、急ぎ足で通り過ぎて行かなかったかい？　ちょうど、いまごろなんだ」

「線香二本で一匁にしてあげる。それで、あたしも思い出すかも」

「ここで線香なんか買っても、墓参りにもいかないし、誰の位牌も持ち歩いたりしてないんだよ」

「意味、わかってる？」

「やっぱり意味わかってない」

女は、せせら笑った。

そこで麻次が十手をちらりと見せ、

「おい、いい加減にしろ。殺しの調べなんだぜ」

と、声をかけた。

「おや、まあ。一昨日のいまごろですか。通ったかもしれません。でも、よく見てなかったです。あたしは不思議なことに、あたしよりいい女と思わないと見ないんですよ。いい女は、ぱっとわかります。それで見ます。見えてなかったのは、器量もたいしたもんじゃなかったんです」

「通ったんだな？」

麻次は念押しした。

「女が慌てて走り去りました。それだけしか見てません」

そう言って、あとはおなじみの商談以外は口を開かないつもりらしい。

線香一本の意味は、ここを離れてから麻次に訊いた。

線香一本を点(とも)し、それが消えるまでのあいだ、女を好き勝手にできるという、恐ろしい意味だった。

この先がわからない。

「もうやめにしよう」

と、奉行所にもどることにして、永代橋のほうに来たとき、佐賀町(さがちょう)に明かりがついている店があった。履物屋である。小僧が戸締まりをしていた。

「履物屋がこんな遅くまで開けてるのかい？」

と、魚之進は声をかけた。

「ええ。遅くなっても橋を渡る人はいますから」

まだ十二、三の小僧が、声がわりもしていない声で答えた。

まさかと思ったが、念のために訊いた。

「一昨日の晩なんだが、女が血相を変えて、ここを逃げるように駆けていったのを見なかったかい？」

「ああ、いました」

「いた？　どっちから、どっちに？」

「向こうから向こうへ。橋は渡りませんでした」

おかしな足取りである。だが、動揺し、方角もわからなくなったと考えれば、おかしなことではない。

「いま時分かい？」

「もう少し早かったです。亥の刻の少し前だったと思います」

「そうか」

あの私娼窟の女郎に見られたあと、こっちに来たとすれば、刻限は合う。

「でも、血相を変えてというより、可哀そうに泣きながら駆けてましたよ」

「泣きながら……」

「しかも、ほんとに絶望し切ったような泣き方でした」

「そうか」

「着物の裾のところに血のようなシミもついてました。誰か怪我でもして、医者を捜しているのかと思ったくらいです。でも、そっちの金創医の先生のところには寄らなかったから、違ったのかもしれません。可哀そうだったけど、おいらなんかなにもしてやれないですし。でも、おいらも毎日、けっこうつらいんですが、あの女の人ほどじゃないって思いました。だから、頑張らないといけないって」

「ああ。お前は偉いな」

「なにか、したんですか、あの人？」

「うん。惚れた男が殺されちまったみたいなんだ」

「そうでしたか」

小僧がうなずいたとき、店の奥から、

「庄太。なに、愚図愚図してやがるんだ」

と、叱り声がして、小僧は慌てて最後の戸を閉め、なかに入ってしまった。


「そうか。絶望し切ったような泣き方だったか」

と、魚之進はつらそうな声で言った。

「賢い小僧でしたね」

「たぶん、その通りだったんだろう。こりゃあ、間に合わないかもしれないな」

「どういう意味です？」

「深川界隈で、柳葉包丁で自害した女がいたら、すぐに報せるよう、通達を回してもらおう」

「そういうことですか」

魚之進がいるところからは、大川に架かった永代橋が見えていた。三割ほど欠けた月が橋を照らしていて、湾曲し、向こう岸の霊岸島に届くまで、はっきり見渡せた。いまは誰も渡る者はいなかった。

夜の橋は、昼間見るよりも大きく見えた。しかも、不気味で冷徹そうでもあった。これが人生の正体だとでも言っているようだった。

九

魚之進の予想どおりだった。

翌日、通達を回すとすぐ、深川の大島町の番屋から返事が来た。一昨日、すなわち殺しがあった翌朝、又蔵長屋というところに住んでいたお里、二十九歳が、自分の柳葉包丁で首を切って死んでいたとのことだった。

魚之進と麻次は、すぐに長屋に向かった。

遺体はすでに寺に葬ったとのことで、お里の兄というのが部屋の片づけをしているところだった。一目見て、漁師以外の何者でもないという風貌で、赤銅色の肌に潮の匂いが染みついた着物を着ていた。

人殺しの兄ということになれば、この男にもいろいろ面倒ごとが持ち上がるかもしれない。長屋の大家なども同様である。しかしそこは、同心の裁量でどうにでもできることだった。

「町方だがね。自害ってことでもいちおう調べなくちゃならないんだ」

と、魚之進はお里の兄に言った。

「へえ。お役目、ご苦労さまです」

「なんで死んだか見当はついてるのかい？」

「ここんとこ、ずっとふさいでいたみたいでして、なにがあったか、詳しくはわからねえんですが、ただ、あっしが思うに惚れた男に捨てられたかしたんじゃないですかね」

「そういう男はいたのかい？」

「いたらしいです。しばらくここでいっしょに暮らしたりもしてたんだと聞きました。でも、いなくなったのは、もう二年も前で、ずっと諦められずに、悶々としていたみたいです」

「二年か」

巳之吉があの女房に言い寄ったのもそのころだった。

「だが、しょせん、そうなるはずだったんですよ」

「どういう意味だい？」

「お里は、漁師の家に生まれて学が無いわりに賢い子どもでしてね。貧乏だったから、手習いなんかには行っていないけど、手習いから帰った友だちに教えてもらい、たちまちなんでも覚えてしまうほどでした。しかも、料理の腕も確かで、魚ならなんでも捌くことができたし、あいつがつくる料理は板前顔負けでした」

「あんこうなんかはどうだったい？」

「お手の物でしたよ。そういえば、あいつの顔は魚で言えば、あんこうに近かったかもしれません。生きてるときは言えなかったですけどね」

「………」

「そのくせ、いい男が好きでね。あれだけ賢いんだから、やっぱり頭のいい男と付き合えばいいのに、ないものねだりなんですかね。どうも、見映えのする男に惚れちまうみたいで。ここでしばらく暮らしたというのも、いい男だったみたいです」

「ま、わかる気がするけどね」

自分のことを言われているみたいである。たしかに、ないものねだりなのだろう。

お里の部屋は四畳半一間だが、きれいに片づいていた。兄がしたのではなく、お里がきれい好きだったらしい。書き物をする机があり、覚え書きと記された、閉じた紙の束もあった。

「それを見せてもらってもかまわないかい？」

「ああ。どうぞ。料理のことで、いろいろ書き付けたものみたいです」

魚之進がめくると、いろんな料理を考案していたらしく、そのなかに、

「ぬるぬる膳」

もあった。

「ぬるぬる、つるつるしたものばかりでお膳をつくる。楽しく会食できることうけあい」

として、献立もつくってあった。まさに、あの店で出していた献立そのままだった。

巳之吉が考えたことなどなに一つなかった。あの男は、すべて、お里が考えたことを盗み、あの女将の建物を使って商売を始めたのだった。

しかも、この大島町と、ぬるぬる膳の店は、四、五町くらいしか離れていないのである。こんなに近くで、ぬけぬけと女の考えを盗んで商売していたのだから、巳之吉というやつはよくよく図々しい男だったのだ。

お里は文句を言いに行き、離れのほうに案内され、返事に納得いかず、カッとなって刺したのか。いや、自分の包丁を持って行ったのだから、はなから刺すつもりだったのだろう。

魚之進は麻次を見た。

麻次は呆れたという顔で首を横に振った。

「この覚え書きはもらってもいいかい？」

魚之進はお里の兄に訊いた。

「どうなさるんで？」

「おいらの知り合いに食いもののことをいろいろ研究している男がいてさ。なにか参考になるかと思ったんだよ」

「ああ、どうぞ。役立ててもらえたら、お里の供養になるかもしれませんしね」

「ああ。供養になるような使い方をしてみるよ」

じっさい、これには面白そうなことがいろいろ書き留めてある。

魚之進は、お里が葬られた寺の名前を聞いておいた。使い道を墓前に報告することもあるかもしれない。

いまは、位牌もない机に手を合わせ、お里が住んだ長屋を後にしたのだった。

十

その翌日——。

魚之進は南町奉行筒井和泉守の私邸に呼ばれた。いつも呼ばれるのは奉行所のほうの奉行の部屋で、私邸のほうに呼ばれることはない。

奉行所の南側の奥が渡り廊下になっていて、そこから私邸に入る。急に植え込みが多くなり、どこかから梅の花の香りもして、改めて奉行所のほうが殺風景なところなのだとわかった。

その渡り廊下を歩きながら、

「よほど内密な話なのだろうな」

と、与力の安西佐々右衛門が言った。

言われて魚之進はますます緊張した。ただでさえ奉行と会うときは緊張するのに、どうしてこの人は追い打ちをかけるようなことを言うのか。悪意とまでは言わないが、脅かして魚之進がおろおろするのを見たいのかもしれない。

筒井和泉守は、書斎らしき部屋で待っていた。

「来たか。座れ」

「は」

「ぬるぬる膳の件は安西から聞いた。見事だったな」

「いえ。自害する前に捕まえることはできませんでした」

「それは致し方ない。特定できたことだけでもたいしたものだ。それでな……」

と、筒井はさっそく本題に入った。

「中野石翁さまが、そなたの手際の見事さを称賛しておられてな」

「中野さまが……」

中野石翁は、将軍家斉に信頼されている旗本で、隠然たる力を持つという。大川の向こうの寺島村に別荘を持ち、ここへは大名まで挨拶に来ていると噂される。兄殺しの主犯として、魚之進は一時、この中野石翁を疑ったほどだった。

「それで、近ごろ、とんでもない話を耳に入れられた」

「とんでもない話？」

「上さま暗殺の計画があるというのだ」

「…………」

聞いた途端、手が震え出した。喉が渇き、茶を所望したいが、そんなことはできない。

横にいる安西を見ると、口がゲッと言う寸前で止まったみたいになっている。

確かにとんでもない話である。

「本当の話なのですか？」

と、魚之進は訊いた。

「どうやら本当らしい」

「洩れたのですか？」

だとしたら、あまりにも杜撰で、そんな計画が成功するはずがない。

「洩れた。というより、聞こえてしまったらしい。日本橋の料亭〈浮き舟〉でのことだ」

「ああ、あそこですか」

高くて有名な料亭である。客層はもっぱら大名たちで、魚之進は行ったことがない。

「中野さまたちが食事をなさっていたとき、たまさか片言を耳にした。向こうは聞かれたと思ったらしく、中野さまたちの帰り道に襲撃をかけてきた。ご家来三人が必死で防戦したが、敵は五人、中野さまのご家来二人が斬られたが、どうにか逃げた」

「聞いた片言とは？」

「このご時世に美食三昧」

「美食三昧……」

飢饉がつづいている。そんなときに、これみよがしの贅沢をつづければ、眉を顰める者もいて当然だろう。

「お亡くなりになっていただこうと誰かが言った。もう一人が、どうやって？　と訊いたらしい。すると、毒しかあるまいと。お城で？　城でも、外に出たときでも……と、そんな会話だったそうだ」

「でも、美食三昧というなら、上さまのことではないのでは？　わたしは、亡くなった河内山宗俊から、上さまは毒見が何度もあったりして、ろくなものを食べていないと教えられましたが？」

「それは、河内山がまだ茶坊主をしていた何十年も前の話だ。その後、上さまはますますわがままになられ、中野石翁さまの影響もあって、美食三昧なのだ」

「そうでしたか」

「近ごろは美食のために城を出ることもあるほどだ」

「お言葉ですが、城と言っても、それは千代田の城かどうかはわからないのでは？」

「そう思いたいが、江戸でそうした話をしているなら、やはり千代田城と受け取らざるを得まい」

「たしかに」

「お城には毒見役はおられる。外出時もついて回る。だが、食と悪事の関わりについて、経験もなければ知識もない。敵の動向を見破るためにも、ぜひ味見方を城に差し向けてもらいたいと、こうおっしゃってな」

「お城に……」

だが、いまや江戸市中も、味見方の存在は欠かせないのだ。

筒井は魚之進が言わんとすることを察したらしく、

「そうは言っても、江戸の巷でも食いものにまつわる悪事は頻発している。そなたを欠くわけにはいかぬ。それでわしも、毎日は無理だと申し上げた。すると、それならせめて三日に一度、月に十日でいいから、城に行くか、あるいは上さまに同行して、台所周りなどを警戒してもらいたいとおっしゃるのさ」

「そうですか」

断わる理由はない。

「名誉なことだぞ」

わきから安西が言った。なんなら替わってもらいたい。

「わかりました」

と、魚之進はうなずいた。

聞いてしまったら断われない。

これで、自分は上さまの身代わりとして毒を飲んで死ぬこともあり得るのだ。

「そうか。向こうも仕度があるので、じっさいに入るようになるにはしばらくかかるだろうが、そのつもりでいてくれ」

筒井はそう言って、自分も毒を飲むような、引き締まった表情になったのだった。

第二話　ひげ抜きどじょう

一

春の大雪になった。ようやく満開になった梅の花が、せっかくのきれいな顔をふさがれて、可哀そうに見えるくらいである。しかも、冷える。

「店の前に下がっているのれんを外して、身体に巻きつけたいくらいだ」

魚之進は身を縮こまらせながら、麻次に言った。

「あっはっは。寒くても面白いことは言えるんですね」

「麻次はいいよな。いつも猫の毛を着物にくっつけてて。温かそうだよ」

「いやあ。こんなに冷えるんだったら、猫を一匹、懐に入れて来るんでしたよ」

これで仕事が終わりになればいいが、そうはいかない。日本橋石町界隈で、腹痛を起こす者が続出した。死んだ者はいないらしいが、数が多過ぎる。どうも、豆腐を食った者に症状が出ているらしい。

そこで、味見方が急遽、石町界隈の豆腐屋を見て回り、不潔なところでつくったりしていないか、調べているのだ。豆腐屋の数は多く、夜遅くまでかかりそうである。

「腹ごしらえをしておくか」

魚之進が言った。

「そうですね」

「こういう晩は何がいいかな？」

「熱いうどんなんかは？」

麻次がそう言ったとき、目の前の竜閑川に架かる今川橋を、女が湯気の立っている鍋を持って通った。

「鍋さげて淀の小橋を雪の人」

魚之進がつぶやいた。

「え？　いま、なんと？」

「いや、おいらが大好きな発句の師匠で与謝蕪村という人が詠んだ句なんだ」

「淀の小橋とおっしゃいませんでした？」

「うん。蕪村が晩年、京都に暮らしていたころの句だからね。雪の人という言い方が、洒落てるだろう？」

「はあ」

「それで、こういう夜はやっぱり鍋じゃないか？」

「いいですねえ」

「でも、湯豆腐だと精がつかないよな」

「あんこう鍋は？」

「食傷気味なんだ」

あれから二度、本田伝八のところで食べている。昨夜もである。

「どじょう鍋はどうです？」

「いいねえ」

どじょうは精がつく。丸ごと食えば、骨が丈夫になると、亡くなった母親からよく言われた。

今川橋の上から見渡すと、〈どぜう〉の文字があった。

「あったぞ、麻次」

「ええ。でも、旦那。ひげ抜きどじょうって書いてありますぜ」

「なんだろうな」

どじょうならなんでもいい。髭（ひげ）なんかなくても、もじゃもじゃ生えていてもいい。入ることにした。

なかは繁盛しているらしく、二十畳ほどの板の間に、びっしり客が入っている。

「いっぱいか？」

鍋を持っていた若い娘に訊いた。

「ええと」

周りを見渡し、

「そこ、ちょっと開けてやって！」

と、叫んだ。

すぐ近くの上がり口のところを、二人分ほど空けてもらった。

「どじょう鍋を二人前とお銚子二本」

魚之進は酒はそれほど強くないが、こういうときはちょっと引っかけたほうが温まるというものである。麻次も嬉しそうな顔をした。

七輪が来て、二人前が入った鍋も来た。どじょうのほか、ごぼう、ネギ、大根が入っている。どんぶりに入った唐辛子は、すでに置いてある。

酒が来たとき、店の娘に、

「ひげ抜きどじょうってなに？」

と、魚之進は訊いた。

「ひげを抜いたどじょうは、なよっとして、おいしくなるんです。それで、うちじや髭を抜いてるんですよ」

「そうなの」

そんなことは初めて聞いた。鍋のどじょうを見るが、すでに湯が入っているので、よくわからない。

すぐにぐつぐつ言い出したので、魚之進と麻次は鍋をつつき始めた。

「うん。寒いときはいいね」

「まったくです」

子どものころは、あまり好きではなかった。一度、やけに泥臭いどじょうに当たったせいもあるかもしれない。しばらく真水に入れて泥を吐かせるのだが、吐くのを我慢したどじょうもいたのだろう。

「でも、旦那が発句をやるとは思いませんでしたよ」

早くもいい色になった麻次が言った。

「いや、やらないよ。やりたいなと思っていただけ。おいらはもともと爺むさいものが好きみたいなんだ。発句だろう。釣りだろう。盆栽だろう。書画骨董だろう。それと町をぶらぶら歩くこと。まさか、同心になるなんて思ってもみなかったし、養子の口もなさそうだし、できるだけ金のかからない道楽を磨いて、そのうちのなにかで糊口をしのげればなと思っていたわけさ」

「なるほどね」

「だいぶ温まってきたな」

魚之進がそう言ったときである。

ちょっと離れた席で、

「きゃあ」

と、女が悲鳴を上げた。媚びた芝居の悲鳴ではない。恐怖と驚愕の悲鳴である。

客はいっせいにそちらを見た。

化粧の濃い大年増――たぶん芸者が、鍋を指差しながら、逃げ出そうとしていた。

「なんだ、どうしたんだ？」

麻次が大声で訊いた。

「ゆ、指が……」

女の連れらしき男が、鍋を指差した。

「指がどうしたんだ？」

「指が入ってます」

「なんだって？」

麻次はすぐに十手を取り出し、

「おう、町方の者だ。どれどれ、皆も動くんじゃねえぜ」

一通り周囲を見回し、鍋のそばに行った。

「どれが指だ？　どうせ、タコの足かなんかだろう」

「そ、それですよ」

女のほうが鍋の端を指差した。

「これか？」

と、箸でつまむと、

「ほんとだ。指だ。旦那！」

魚之進を呼んだ。

呼んで欲しくなかったが、これではしょうがない。近づいて、鍋のなかの指をじいっと見た。芋虫よりは気味が悪いが、死体よりはましである。指の持ち主は生きている可能性もある。

爪がある。関節も二つある。箸でつまんでみると、裏側には細かい文様が入っていた。ここまで精巧なつくりものはないだろう。

「やだぁ、もう。あたし、こんなに食べちゃったわよ」

女は泣きながら言った。

鍋のなかに残っているのは半分ほどである。

「あ、おれ、気持ち悪くなってきた」

連れの男は立ち上がって、外に出た。吐いて来るのだろう。

ほかの客のなかにも、何人か外に出る者がいる。

騒ぎに気がつき、調理場からおやじが出て来た。

「あんたが入れたのか？」

魚之進が訊いた。

「まさか」

「じゃあ、誰が入れた？」

「さあ。調理場で仕込んだやつをいったんあそこに並べますからね。その隙に、客の誰かが入れることはできますよ」

おやじが指差したあたりを見ると、そこは出入口の近くになっていて、その前を客が通っている。いまも、事情を知らない客が入って来て、その前に立っていた。

「客を出さないようにしましょうか？」

と、麻次が訊いた。

「もう、帰ったかもしれないしな。いちおう、いまから帰る客の身元を書き留めさせておくか」

「わかりました」

「それと、近くの番屋に報せて、誰か手伝いに寄こしてくれ」

「はい」

と、店の娘が飛び出して行った。

「さて、これはどこの指かな?」

魚之進は麻次に訊いた。

「けっこう太い指ですが、感じからすると小指っぽいですね」

「だよな」

先端のほうが少し曲がっている。左手の小指でなかったら、右手の人差し指だろうが、魚之進も小指のほうだと思う。

「冬の鍋小指からませまた明日」

魚之進は小声で言った。

「蕪村ですか?」

「いや、おいらの即興。だが、そんな場合じゃないよな」

「ええ」

「やくざが詰めたものかな？」

「いや、こんなに長くは詰めませんよ」

「だよな」

とんでもない事件に出くわした。豆腐屋の調べどころではない。とりあえず、小指を奉行所に持ち帰って、報告しなければならない。おそらく明日は、小指を落とした男を捜し回らなければならない。

二

翌朝——。

雪がくるぶしの上あたりまで積もっていた。

雲一つなく晴れているので、夕方にはあらかた溶けてしまうだろう。

雪というのは、寒いのは別にしても、降っているときはきれいなものである。江戸の町を白い、清浄な世界に塗り替えて、あちこちに絶景が出現する。お堀端の雪景色もいいし、魚之進は昨夜も見た橋周りの雪景色もたまらなく好きである。なんなら一年中降ってくれてもいいかな、と思ってしまう。

ところが、雪もいつかはかならず熄み、だらだらとだらしなく溶け始める。この、溶けて消えるまでのあいだが大変なのだ。

とくに、町回りの同心は、ぬかるんだ雪解け道のなかを、一歩ずつ濡れないように気をつけて歩かなければならない。足袋が濡れれば冷たさが足から腹まで上がってくるし、しかもこの濡れた足袋がまき散らす臭いというのが凄まじいのだ。どぶに落ちて腐ってしまったサンマみたいな臭いになる。

当然、いつもの雪駄などは履けない。下駄履きである。魚之進はさらに、足袋の周りに油紙を巻きつけた。油紙はすぐに破れてきて、足から貧乏になってきたみたいなことになるのだが、それでも足袋が濡れるのは回避できるのだった。

奉行所に出ると、

「月浦、小指のない死体が出たぜ」

市川一角が言った。

「どこですか？」

「百本杭に引っかかっていたとさ」

「そうですか」

百本杭とは、大川の流れが急なので、岸が浸食されるのを防ぐため、岸の近くに杭を打ったものである。百本というが、じっさいはもっと多くの杭が打たれ、とくに両国橋の北側上流あたりが多かったので、そう呼ばれた。

「おれも行きたいところだが、別件で目黒まで行かなくちゃならねえ」

「そうですか。では」

と、行きかけると、

「おい、魚之進、待て。これを持っていけ」

市川が、魚之進に箱根細工のような小箱を手渡した。

「なんですか？」

「なんだろうな。おめえに岡惚(おかぼ)れしてる娘っ子からの贈り物じゃねえか？」

「え？　そんな娘はいませんよ」

と言いつつ、浮わついた気分で開けてみると、

「げっ」

綿の上に載った小指だった。

「忘れたら駄目だろうが」

「そうでした」

指の持ち主か、照合しなければならない。

麻次をともなって、両国橋を渡った。橋の上は橋番たちが朝から雪かきをしたのだろう。雪はほとんど消えている。

だが、渡り終えて左手に行き、さらに駒留橋を過ぎると、ひどいぬかるみである。

足元に気をつけながら行くと、川べりに人だかりができている。

「どいた、どいた」

麻次が人混みを分けた。

遺体はすでに岸に上げて、筵をかぶせてあるのだ。

筵から大根のように白くなった足が二本見えている。

――死んだふりだといい。

今日もそう思ってしまう。売れない若手の役者に、ぱっと筵をはねのけて、

「こんな小芝居をしてみちゃいました」

と、おどけて言ってもらいたい。魚之進は、大喜びで銭だって投げてやるだろ

う。

だが、横たわっていたのは、まぎれもなくほんとに死んだ男だった。左手の小指が無くなっている。傷も新しい。

「麻次。確かめてくれ」

魚之進は小箱を麻次に渡した。

麻次が箱から指をつまんで、遺体の左手に合わせた。

小指のときは思わず一句浮かんだが、大元の死体では、とても句をつくろうなんて気にはならない。

「くっつくかい？」

魚之進は訊いた。

「くっつきはしませんが、こいつの指に間違いないでしょう」

「やっぱり、そうか。それで、こいつの死因は？」

魚之進は麻次に訊いた。検死は勘弁してもらいたい。

「ええ。見てみましょう」

麻次はしゃがみ込み、遺体をひっくり返したりしたあと、

「首を絞められています。ほかに、傷はありませんね」

そう言って、立ち上がった。

「絞殺かよ。だが、ご遺体さんは、いい体格してないか？」

できるだけ顔を見ず、足のほうを見て言った。土左衛門に多い水ぶくれとは違って、そもそもの身体が大きい気がする。

「確かにいい体格をしてます。上背も六尺近いかもしれませんね」

「こいつの首を絞めるのは大変だったろうな」

「ただ、いい体格はしていますが、身体で飯を食っているようには見えませんね」

「そうなの？」

「例えば駕籠かきだと、肩の筋肉が盛り上がって固くなっていたり、船頭だったら櫓を漕ぐためにてのひらにタコができていたりしますが、この男はそういうのはとくになさそうです。体格はいいけど、とくに身体を使う商売ではないかもしれません」

「なるほどな」

「それと、妙な髭を生やしてますね」

「妙な髭？」

やはり顔を見なくてはならない。

できるだけ薄目になって見てみると、なるほど髭は、濃くはないのだが、長くて、まばらになっている。

「ほんとだ。変な髭だな」

「どじょう髭ってやつですかね」

「あ、そうだな」

いまは薄い髭が肌にへばりついているが、乾いて風に当たると、そんなふうになるだろう。

「なんだかどじょうがらみですね」

「そうだよなあ」

「まずはこいつの身元を探らなくちゃいけませんね」

「ああ。誰か、この遺体を知ってるやつはいないのかい？」

魚之進は野次馬たちを見ながら、番屋の者らしき男に訊いた。

「いえ、いまのところ誰も」

「昨日のどじょう屋のおやじなら知ってるんじゃないか？」

奉行所から応援に来た中間の一人に、今川橋たもとのどじょう屋まで、おやじを呼びに行かせた。

そのあいだ、いつまでも遺体をここには置けないので、横網町の番屋に入れることにした。町役人はいい迷惑だといった顔である。

そこで待っていると、中間がどじょう屋のおやじを連れて来た。

「あの指は、この男のものだったんだ」

「そうなので」

おやじは及び腰で遺体の顔をのぞき込んだ。

「知ってるやつかい？」

「……見たことがあるような気はします」

「ほう。客かい？」

「どうですかねえ」

おやじはしばらく考え込むが、思い当たる者は浮かばないらしい。

「こんな髭があったら、覚えているだろうよ」

「会ったときもこんな髭があったかどうかは」

「そりゃそうだな」

いくら待ってもきりがない。

「じゃあ、思い出したら報せてくれ」

「わかりました。まったく、これじゃあしばらくは客足も途絶えるでしょうね」

「わからねえよ。江戸っ子は物見高いから」

と魚之進は言ったが、ぬるぬる膳のあるじが殺されたのとはわけが違う。こっちはもろに鍋のなかから指が出てきたのだから、気味悪さでは格段に上だろう。


どじょう屋のおやじのしょんぼりした後ろ姿を見送って、

「ひげ抜きどじょうと、どじょう髭の死体。どういうつながりなんだろうな？」

と、魚之進は言った。

「なんですかね」

麻次も首をかしげるばかり。

「いまのおやじもしらばくれているふうじゃなかったよな」

「ええ」

「しかも、あのおやじがこの男の首を絞められるとも思えないし」

どじょう屋のおやじは、健康そうだが、小柄で痩(や)せていた。首はまず無理で、手首を締めるくらいが精一杯だろう。

とりあえず、大川沿いに訊き込みをしてみたが、この日はなんの手がかりも得ることはできなかった。

三

陽が落ちると、溶け残った雪が凍ってつまずいたりするので、陽のあるうちに役宅に帰って来た。だいたいが今日は非番のはずだったのだ。もともと新米なのだから休むなんて生意気だろうと思っていたが、それにしても働き過ぎの気がする。よく働くと言われるアリでさえ、寒いときは穴のなかで眠っている。

家の前に来ると、娘がなかを覗き込むようにしている。一瞬、

――お静さん？

と、胸がきゅんとなったが、振袖である。お静のわけがない。

魚之進が咳払いをすると、娘は振り向いた。

「あ、あなたは」

一年ほど前、うなぎの絵を描くので何度かうちに来ていた娘である。名はおのぶといい、京都に絵を学ぶため旅立ったのではなかったか。

「どうも、あの節は。覚えてます、あたしのこと？」

「もちろんです。おのぶさんでしょ？　京都からもどられたんですか？」

「ええ。それで、京都で、ときどき魚之進さんのことを思い出していたんです」

「おいらのことを？」

「面白いし、やさしい人だったなあって。それで、江戸に帰ったら、ぜひ、また遊びに行こうと思っていて」

「それは、どうも」

魚之進は照れた。

こんなことを言われたのは、生まれて初めてではないか。いままでなら、前に会ったことがあっても、「どなたでした？」と言われるのが常だった。「あ、いま忙しいから話しかけないで」と言われたこともある。

「ぜ、ぜ、禅画の勉強はうまく行きましたか？」

「ああ、禅画ね」

おのぶは困ったように笑った。

「違うの？」

「あれは口実だったんです」

「口実？」

「あたし、なぜかひょろ長いものを描くのが好きで、それならやはり龍を描けるようにならないと駄目だろうと思って、それで京都に行ったんですよ。女だてらに龍の絵なんてと言われそうで、いちおう禅画を学ぶという触れ込みにしたんです」

「そうだったの」

江戸にも、上野の東照宮に左甚五郎（ひだりじんごろう）が彫ったという昇り龍と下り龍があるが、あれは絵じゃないから駄目なのかもしれない。

「やっぱり、勉強になりましたよ。京都のお寺というのは、参拝客を歓迎してくれるので、龍の絵もいっぱい模写してきました」

「へえ。じゃあ、もう、うなぎは描かない？」

「描いてますよ。ひょろ長いものならなんでも描きます。太刀魚（たちうお）もウツボもアナゴもナマズも描くようになりました」

「ミミズは？」

「ミミズは描かないわ」

おのぶは笑って言った。

「あれもひょろ長いのに」

「ミミズは可愛（かわい）くないし、なんか気が乗らない」

それもそうだろう。技量が発揮できる題材でもなさそうだし。

「どじょうは？」

「もちろん、どじょうも描きます。あれも、身体の模様とか意外に難しいところはあるんですよ。京都への行き帰りでも、ときどき描いてました」

「じつは、そのどじょうがからんだ妙な殺しを追いかけてるんだ」

余計なことを言ってしまった。自分が同心になったということをさりげなくおのぶに報せたいのかもしれない。

「殺しを追いかけてる？　魚之進さんて同心じゃなかったでしょ？」

「それが同心にならざるを得なくなったんだよ。兄貴が悪党どもの手にかかって」

「そうだったの。それはご愁傷さま」

おのぶは真面目な顔になり、ぺこりと頭を下げた。

「どうも」

「同心は大変？」

「大変なんてもんじゃないね」

「でも、どじょうがからんだ殺しって、面白そう。聞きたい」

「うーん、ほんとはまずいんだけど……」

と言いつつ、ざっと話してやった。

「面白い。でも、髭を抜くと、なよっとしておいしくなるというのは嘘でしょ」

「嘘？」

「生きてるどじょうから髭なんか抜くの、大変ですよ。しかも、ナマズみたいに長いのが二本じゃなくて、どじょうの髭は何本もありますよ」

「そうだよな」

魚之進も、その話を聞いたとき、なんか変だとは思ったのだ。

「あたし、似たような話を聞いたこと、ありますよ」

「どんな？」

「信州かどこかの話だったと思うけど、その村では、ナマズが神の使いと言われていて、ふだんはぜったい食べないんですが、飢饉のときなど、どうしても食べるときは、髭を抜き、神の使いではなくしてから食べるんですって」

「へえ」

面白い話である。

ひげ抜きどじょうにも、そういう信仰心がからんでいるのかもしれない。

「その話、あたしも探りたい」

目を輝かせて言った。

おのぶの顔は一見すると、目と目がもうじきお別れを告げるかというくらい離れているし、口は海辺で眺める水平線のように横に長い。

生きもので言うと、カエルにいちばん似ている。

だから、愛嬌はあるが、美人とはとても言えない。それでも、真剣な目をすると、意外に魅力的ではないか。

「探りたいとか言われてもねえ」

「また来ます。今日はまだ挨拶に行くところがあるから。では」

そう言うと、おのぶはくるりと踵を返し、たちまち遠ざかって行った。

「うーん。やっぱり変な娘だ」

魚之進は呆気に取られている。

四

翌日——。
遺体の身元がわからないが、いつまでも番屋には置いておけない。早桶に納めて線香を焚いているが、今日中には茶毘に付すことになるだろう。

少なくとも、大川の上流、浅草界隈までで、とくに行方のわからない男がいるという報告はない。

「旦那。そろそろ出しましょうよ」

番屋の町役人からも急かされた。雪に苛められた梅がふたたび勢いを取り戻し、春の香りをふりまいているが、なかに早桶があると、どうにも春を喜ぶ気分にはなれないのだろう。

「うん、もうちょい待ってくれ。思い出してるかもしれないから」

そう言って、麻次とともに今川橋たもとのどじょう屋に行った。

昼飯どきである。

店は開いているが、なかに入るとひっそりしている。

客は数人だけ。一昨日の混雑が嘘のようである。

おやじと、手伝いの娘が二人、火事で焼け出されたみたいに、ぼんやりしている。

「やっぱり駄目かい?」

魚之進が訊いた。

「ご覧のとおりです。昨日も一日でたったの四組だけ」

「そうかあ」

「まずは、下手人を捕まえてくださいよ。それだと、客も安心するかもしれません。もしかしたら、また指が入るかもしれないとか思ってるかもしれないですよ」

「そりゃないだろう。でも、あんたんとこが流行ってるので、嫌がらせにやったのかもしれないぜ。そういう恨みを買ってたりしないかい？」

「覚えはありませんね。だいたい、このあたりは場所もいいんでしょうが、食いもの屋はどこも流行ってるんです。他人の足なんか引っ張ってる暇はありませんよ」

「なるほどな」

それに、流行っている店への嫌がらせで、人を殺すまではしないだろう。

「まだ思い出さないかい？」

と、魚之進は訊いた。

「ここまで来てるんですがね」

おやじも喉のあたりを示して、悔しそうに言った。

そこへ、店の隅のほうから、

「あのう」

と、声がかかった。

魚之進はそちらを見て、

「あ」

なんと、うなぎのおのぶが来ていたではないか。数人の客の一人はおのぶだったのだ。

「すみません。興味津々で来ちゃいました」

「そうなのか」

ずいぶん好奇心の強い娘である。

おのぶは、魚之進の呆（あき）れ顔（がお）をよそに、

「どじょうって、いくつか種類、ありますよね？」

と、おやじに訊いた。

「あるみたいだね。名前は知らないけど、大きさとか、色の濃さとか、少しずつ違ったりするよ」

「どこで仕入れるんですか？」

「うちはちょっと遠いんだけどね……」

と、そこまで言って、

「あっ」

顔を輝かせ、手を叩いた。

「思い出したのか？」

「はい。どじょうの育ての親ですよ、あれは」

「どじょうの育ての親？」

魚之進の声が裏返った。

「うちのどじょうは、葛飾の小村井村にある溜池で育てたやつを使っているんです。おやじの代までは別の池から仕入れていたんですが、たまたまそこを紹介されましてね。そこでどじょうを育てている人です」

「じゃあ、しょっちゅう会ってたんじゃないか」

「いや。ここに運んで来るのは、もっと若いやつで、そのおやじとは三年前に会ったきりでした。そのころは、どじょう髭も生やしてなかったですし」

「それは普通のどじょうとは違うんだ？」

「名前は知らないんですが、そこらの田んぼにいるやつよりずっと大きいし、肥えてましたでしょ？」

「ああ。たしかに食いごたえはあったよ」

「髭を落とすとなよっとしてうまくなるって聞いたんですが?」

と、おのぶがまた訊いた。

「あれも、その人から聞いたんだよ」

「でも、生きてるどじょうの髭なんか切れませんよね」

「そう。それで、調理の前に締めたあと、ちょちょっと申し訳程度にむしるだけなんだ。そうしろと、あのおやじから言われたのでね」

「ふうん」

おのぶは信じていないような顔をした。

「葛飾の小村井村だな」

「あそこらで、どじょう池と訊けばわかりますよ」

「よし、行かなきゃ」

魚之進が麻次とともに外に出ると、

「あたしも連れてってください」

おのぶが追いかけて来た。

「それは駄目だよ」

「どうして?」

「遊びじゃないんだ。人殺しの調べだぞ」

魚之進がそう言うと、

「あたしのおかげで思い出したみたいな気がするんですけど」

おのぶはそう言って、恨みがましい目で魚之進を睨んだ。

「それはそうなんだが」

「だったら、いいでしょ」

「いやあ、まずいよ」

魚之進が困っていると、

「いいじゃないですか、旦那」

と、麻次が言った。

「ですよね、親分」

おのぶはけっこう調子がいい。

「しょうがないな」

三人で小村井村へ向かうことにした。

五

両国まで出て猪牙舟を拾った。

船頭に訊くと、

「小村井村なら大川を上に行くより、竪川から十間川を北に行ったほうがいいですぜ」

と言うのでまかせることにした。

柳島の妙見さまがある法性寺の向かいっ方で降ろされた。

北側の一帯が小村井村らしい。

「ああ。梅屋敷があるとこですね」

と、麻次が言った。一度、見物に来たこともあるらしい。なるほど、梅の香りがぷんぷん漂っている。

おのぶが周囲を見渡し、

「このあたりっていいところですね。根岸の里なんか、いまじゃ風流なんか名ばかりで、お金持ちの俗物だらけですよ」

「へえ、根岸の里なんて行ったことあるの？」

「祖父が成金で別荘持ってるので、あたしもときどき行ってたんです」

「あれ？　お父上は勘定方のお侍では？」

「それは、祖父が次男の父にお金で御家人の株を買ってやったんです。最近は、そういうの、けっこう多いんですよ。知り合いには、旗本の株まで買った人いますから。勝さんていう人ですが」

「ああ、聞いたことあるよ」

町方の同心の地位も欲しがる人がいて、三百両で売ったという話もある。もちろん、建前は養子ってことにしたのだろうが。

このおのぶも、武家の娘にしてはざっくばらんなのは、そういう理由だったらしい。

どじょう池の名を出して訊くと、すぐにわかった。

「この池か」

かなり大きな溜池である。坪数にしたら千坪分ほどはあるかもしれない。周囲は芒などが繁っているが、立ち枯れたあいだから、春の若茎が出て来ている。若い茎は、芒でもうまそうに見える。

近くの百姓家の庭に老人がいたので声をかけて訊くと、池はこの家のものだという。ただ、いまは他人に貸して、どじょう池になっているとも。

「そのどじょう池のあるじのことを訊きたいんだけどね」

「それは権作って人なんだけど、何日か前からいなくなってるよ。大方、江戸のろくでもないところで居つづけでもしてるんだろうが」

「権作ってのは、身体が大きくて？」

「そうだよ」

「どじょう髭も？」

「あったね」

「殺されたよ」

と、魚之進は言った。

「殺された？」

「それで、いちおう、顔を確かめてもらいたいんだけどね」

「だったら、おらより権作の仕事を手伝ってる若いのがいい。あっちの小屋で寝泊まりしてるよ」

指差された小屋に行った。

厚さの足りない茅葺き屋根の、風通しがいいというよりは、風の通り道のような壁が少ない造りの小屋で、なかに入ると若い男二人が、つまらなそうに茶碗のなかにサイコロを転がしていた。

「権作のことを訊きたいんだがね」

「いませんよ」

片方が答えた。

「それはわかってる。いま、あの世に行っちゃってるから」

「え？」

二人は顔を見合わせた。

驚いたようすでは、おそらく下手人ではない。

「権作は殺されたんだ」

「なんてこった」

「いつ、いなくなった？」

「三日前です。酒飲んで来るって出て行って、それから帰って来てませんよ」

「ここで寝てたのか？」

「ええ」

「寒いだろう？」

「まあ、でも、そこで火を焚いて、たっぷりの藁にくるまって寝ますんで」

指差したところは竈というより、石を並べた焚火の跡のようである。

「それで、どっちか、顔を確かめに来てくれ」

「はあ」

「権作はこの村の人かい？」

「違うんです。あの人は、下総のほうの生まれで、飢饉があったときに村を捨てて来た人なんです。それで、ここらでようやく食いつないでいたんですが、そのうち、溜池を借りてどじょうの養殖をやりたいと始めたんだそうです」

「なんていう村だい？」

「鬼ノ目村っていうんだそうです。鬼みたいなやつばかり住んでるんだと、恨みでもあるみたいなことは言ってましたよ」

「そうかもしれません。でも、どじょうも一度、村に帰って、そこから持って来たはずです」

「そうなのか」

「よく肥るどじょうなんですよ。飢饉のときも、これを食えた村人は命が助かったんだそうです」

「権作は食わせてもらえなかったのか」

「そうみたいです」

「じゃあ、このどじょうは？」

「盗んで来たんですかね」

「なるほどな。江戸の店ではこれを、ひげを抜いて食わせているんだけどな？」

「ああ。鬼ノ目村では、これは神さまのどじょうだから、髭を切って、偉くなくしてから食べているらしいんです」

「ほう」

思わず後ろにいたおのぶを見た。

おのぶは、「どう、あたしの言った通りでしょ」とでもいうように、小さな顎を軽く上に向けた。

「顔を確かめるのに、どっちが来る？」

魚之進は二人の若者に訊いた。

「じゃあ、庄次(しょうじ)、おめえが行け。お前の分のどじょうも届けておく」

「わかったよ。兄貴、石町の豆腐屋のも忘れるなよ」

「ああ」

そんなやりとりが耳に入った。

この二人、顔は似てないが、兄弟らしい。

「おい、いま、石町の豆腐屋って言わなかったか？」

魚之進は、兄と思われるほうに訊いた。

「あ、はい」

「なんで豆腐屋にどじょうを届けるんだ？」

「そういう料理があるんだそうですね。どじょうと豆腐をいっしょに煮ると、熱くてどじょうは豆腐に入り込み、そのまま煮あがるってやつ」

「ああ、あるな」

ちょっと残酷な感じがして、魚之進はまだ食べたことがない。

「それ用のどじょうを仕入れて、豆腐といっしょに売ってるみたいです」

「なんという豆腐屋だ？」

気になって訊いた。

豆腐とどじょうをいっしょに扱うと、問題がありそうである。どじょうを悪く言うつもりはないが、なにせ泥から生まれた泥太郎みたいなやつらである。

「月島屋ってとこです」

「月島屋？　あれ、そこは回ったな？」

と、魚之進は麻次に訊いた。

「回りました。こぎれいな店でしたよ。亭主も愛想がよくて」

「だよな。ううむ、見かけに騙されたかな？」

魚之進は顔をしかめ、

——けっこう、おいらも見かけに弱いな。

と、反省した。

六

魚之進たち三人は、弟の庄次が漕ぐ舟に乗せてもらった。

おのぶの家は浅草橋に近い浅草福井町というので、柳橋のたもとで降りてもらった。

岸辺に立つと、おのぶは、

「鬼ノ目村、行きますよね？」

と、訊いた。

「どうかな。町方の管轄じゃないんでね」

「行きますよ、きっと」

おのぶはそう言って別れた。

見送った麻次が、

「旦那。余計なことを言うようですが、旦那は波之進さんのご新造だった人より、ああいう娘さんがお似合いなんじゃないですか？」

と、小声で言った。

「え」

麻次はお静とは会ったことがある。だが、魚之進の思いを打ち明けたことはない。それでもなんとなく勘づいていたのだろうか。

「向こうもまんざらじゃないですよ」

「なに言ってんだ」

魚之進は、赤面はどうにか避けられたが、声が上ずり、両目が真ん中に寄ってしまった。

それから大川を対岸に渡り、本所横網町の番屋で、庄次に遺体を見てもらった。

「権作さんです。間違いないです」

「首を絞められ、小指を切られてるんだ」

「小指を」

「下手人の心当たりはないかい？」

庄次は少し考えてから、

「権作さんはなにも言ってなかったですが、ここんとこ、見たことないやつらが、池の周りをうろうろしてました」

と、言った。

「やつら？　何人もいたのか？」

「たぶん三人でした」

「権作がいなくなったあとは？」

「見てません」

「顔とかは見たかい？　話はしてないのかい？」

「いやあ」

と、首を横に何度も振った。

遺体は庄次たちが引き取って、小村井村の寺に葬るというので、舟に早桶を積んだ。迷惑そうにしていた町役人だったが、庄次には「葬式代の足しにしろ」と、香典を渡していた。

庄次の舟を見送ったあと、魚之進と麻次は石町の月島屋に向かった。

月島屋はちょうど店を閉めるところだった。朝が早い商売なので、いまから寝てしまうのだろう。

「ちょっと待ってくれ」

「これは南の旦那。また、なにかありましたかい？」

こざっぱりした若いあるじが、いかにも商売っけたっぷりの笑みを見せた。

「お前のとこは、豆腐といっしょにどじょうも売ってるそうだな？」

「え？　どじょう？」

目が泥のなかのどじょうのように、すばしっこく動いた。

「いないのか？」

「ああ、います、　います」

「どこにいる？」

「どこにいると訊かれましても、おおい、どじょうはどこに置いた？」

家のなかに声をかけた。

「なに、しらばくれてるんだよ」

「あ、そうだ。そこの豆腐といっしょに」

水槽を指差した。

なかをのぞくと途中に網があり、その下にどじょうがうようよいた。庄次の兄貴はすでに届けに来たらしい。

「二重になってるんだ。この前は、上に豆腐があったから、見えなかったんだな」

「なんせ、店が狭いもんで」

「どじょうは泥を吐くだろうが。それと豆腐といっしょにするか」

「すみません」

この界隈で大勢が腹痛を起こした原因は、たぶんここの豆腐だったに違いない。

あるじは改めて奉行所に呼び出すことにした。

与力の安西佐々右衛門に鬼ノ目村のことを調べてもらうと、そこは水戸街道の途中で、取手宿に近く、昔から下総国か武蔵国なのかはっきりしないところだったらしい。

「もっとも、いまは天領になっているから、どっちでもいいんだがな」

とのこと。

「天領ですか」

「だが、小さな村で、代官も常駐はしておらぬようなところだ。そこがどうかしたのか？」

と訊かれたので、

「じつは」

と、どじょう屋の一件について語った。

「それは八州廻り（はっしゅうまわ）りの担当になりそうだが、わけを話せば、連中は町方でやってくれと言うだろうな」

八州廻りは、関東一円の天領や旗本の知行地などを監視して回る部署で、勘定奉行の管轄下にある。ただ、担当するのは十数名しかおらず、一つの殺しをじっくり追いかけるなどということはできそうもない。

「わたしも下手人を挙げるところまではやりたいのですが」

「出張りたいか？」

「できれば」

「ううむ。そういう村というのは、面倒なことになりかねないぞ」

と、安西はしぶった。

「そうなのですか？」

「下手したら一揆のようなことにもなりかねない」

「それはまずいですね」

「だが、そこまで摑んでしまったら、町奉行所としてもしらばくれるわけにはいかぬわな」

「はい」

「よし。とりあえず、その鬼ノ目村に行き、手っ取り早く下手人を捕まえられそうだったら、捕まえて来い」

「駄目だったら？」

「八州廻りに回すしかあるまい」

「わかりました」

安西もいい落としどころを見つけたものである。

七

　翌朝は、麻次に八丁堀の役宅まで来てもらい、そこから舟で千住（せんじゅ）に向かい、北側の岸で降りた。ここからは徒歩の旅である。

　幸い天気も上々で、あたりは江戸の真ん中よりさらに春めいて見える。ときどき道端に出現する雑木林では、コブシやモクレンの花が咲き誇っていた。

　水戸街道。東海道ほどには旅人は多くない。せいぜい筑波山（つくばさん）に上るという人くらいだろう。

　取手宿は、千住から五つ目の宿場で、充分、今日のうちに着く。そこで一泊し、朝から鬼ノ目村に調べに入るつもりだった。麻次のほかにもう一人くらい連れて来るかとも思ったが、手荒なことはできるだけ避けるつもりだった。

「いやあ、いいですね、旦那」

　麻次は心地よいらしく、深呼吸しながら歩いている。

「そうか」

「あれ？　どうしました？」

魚之進が急に元気が無くなった。

「前を歩いている娘を見てみろよ」

十間ほど前を旅姿の若い娘が歩いている。

「え？」

「着物の柄、見てみな」

「うなぎの模様ですか、ありゃあ。え？　まさか？」

「その、まさかだと思うぞ」

魚之進と麻次は、わずかに足を速めた。

徐々に距離を詰め、横顔が窺(うかが)えるところに来た。

並びかけた男たちに気づいた娘が、ぱっとわきを見て、

「あら、ま」

と、微笑(ほほえ)んだ。

「ほら、おのぶさんだ」

「奇遇ですね」

ケロリとした顔で言った。こういうときは、いかにもカエルに似ている。

「奇遇じゃないだろうが。連れて行かないよ」

と、魚之進は言った。

「連れて行かなくていいですよ。あたしは勝手に歩き回りますから」

「泊まりになるんだよ。日帰りじゃないよ」

「わかってますよ。あたしも取手宿に泊まりますから」

「あ、あのなあ、そんなことは、親御さんが許さないぞ。怒るぞお。おいらまで、みっちり叱られるし」

「大丈夫ですよ」

おのぶは軽い調子で言った。

「大丈夫じゃないよ。ああ、もう、おのぶさんは莫連娘(ばくれんむすめ)だ」

「あら」

「とんでもない不良だ」

「そうでもないと思いますけど」

「年ごろの娘がこんなことしちゃ駄目だって」

「あたし、もう二十二ですよ。そろそろ年増扱いですよ」

「二十二でも、親からしたら大事な娘だよ」

「それはそうです。でも、野宿するわけじゃないでしょ。ちゃんと、宿に泊まるんですから。もちろん別の部屋ですよ」

「そんなことは当たり前」

「だったら、いいでしょう」

「よくない」

「親の許可も得てますし」

「嘘だね」

「ほんとですって。取手宿の近くの鬼ノ目村ってとこにどじょうを見に行くって言ったら、そりゃあ、わしも行きたいなあって」

「…………」

呆れてなにも言う気になれない。

女連れで捕物に向かうなんて、大名が道楽でする捕物ごっこである。下手人はぜったい捕まらない。

取手の宿に着いた。

もちろん本陣などには泊まらない。といって、おのぶのこともあるから、木賃宿（きちんやど）みたいなところも避け、中の上くらいの宿を選んで草鞋（わらじ）を脱いだ。

「いらっしゃいませ」

と、宿のあるじが宿帳を差し出した。

いちおう、住まいと名は本当のことを書いた。だが、捕物だとか、余計なことは書かないし、言わない。どこから話が洩れるかわからないのだ。しかも、安西からは一揆にもなりかねないと脅されてきた。

宿の手前で、仕方がないのでおのぶもいっしょということで、口裏合わせをしてきた。

「江戸からお出でになったので？」

「ああ、そうだよ。今日の夜も、もう一泊するかもしれないけどな」

下手人を捕まえたときは、宿場役人に言って、どこかに下手人を寝かせてもらうしかない。

「取手に御用があるわけじゃないですよね？」

「いや、取手に用だよ」

「なにをなさりに？」

宿のあるじは胡散臭そうに魚之進を見て訊いた。

「うむ。われらはお上のご用命で、生きものの分布について調査をしておってな。

この界隈の池にいるうなぎなどを調査しに参ったのさ」

　そういうことにしようと打ち合わせたのだ。

　魚之進が言うのに合わせ、わきでおのぶが図画帖をぱらぱらとめくってみせた。そこにはうなぎやヘビの絵がいっぱい描いてあって、いかにもそれらしい。

「そうでしたか」

「それで、鬼ノ目村というのは、この近くかい？」

「鬼ノ目村？　ああ、それは、あの村の者がそう言っているだけで、ほんとは馬ノ耳村っていうんですよ」

　宿屋のあるじはそう言って、明らかに馬鹿にしたみたいに、

「へっへっへ」

　と、笑った。

「馬ノ耳村？」

　それだとずいぶん村の印象も違ってくる。

「それで近辺の村の連中からは、あの村の連中は皆、馬の耳に念仏だとか馬鹿にしたみたいに言われるもので、ここは本来は、鬼ノ目村と呼ばれていたんだとか言い出したんですよ。もっとも近ごろじゃ、お役人に賄賂を渡したりして、鬼ノ目村と

呼ぶ者もぼちぼち出てきてはいますがね」

「そういうことか」

馬ノ耳村なら、おのぶを連れて行っても、そう危険はなさそうである。

ただ、やはりこの宿に泊まった二人連れの男が、こちらをちらちら窺うように見て、魚之進はその男たちのほうが気になった。

八

鬼ノ目村は取手宿から一里半ほどのところにあった。

村の周囲がぐるりと杉と松の並木で囲まれていて、それはちょっと異様な感じを抱かせた。

「なんだか、結界みたい」

と、おのぶがよくわからないことを言った。

麦が植わっていて、育ち始めている。畑も多く、葉っぱからすると、飢饉に強いと言われるジャガイモだろう。

木がこんもり茂る高台があり、そこは鎮守の森になっていて、村には似合わないほど立派な神社らしき建物も見えた。鳥居や建物の柱なども、塗りたてみたいに真っ赤である。その下が溜池というか、昔からあるような沼になっていた。広さは小村井村のどじょう池くらいか。

さっそくおのぶがのぞき込んでいる。

「どじょう、いる?」

魚之進が訊いた。

「います。うじゃうじゃ」

「どれどれ」

魚之進と麻次がのぞくと、水草のあいだを泳ぐどじょうたちが見えた。ちょっと見にこれだけいるのだから、この沼全体にはどれだけいるのか。

見ていると、神社のほうから若い男が下りて来て、餌らしきものを撒いた。

それから、魚之進たちに気づき、しばらくじいっとこちらを見た。なにも言わない。警戒しているふうである。

「どうも」

と、魚之進が愛想よく声をかけた。

「なにかな?」

近づく前に訊いてきた。警戒しているらしい。

「ちょっと、どじょうのことで訊きたいことがあるんだ」

「そんなことは訊かれても困るよ」

「困る？　江戸から来たんだけどな」

「ちっと神主さんに訊いて来るよ」

と、男は大急ぎで神社のほうにもどった。

ところが――。

訊いて来ると言ったが、なかなかもどって来ない。

「遅いなあ」

「神社のほうに行ってみましょう」

と、麻次は言った。

おのぶを見ると、どじょうの絵を描いている。邪魔せずに、魚之進と麻次は神社の階段を上ろうとした。

すると、いちばん上で五人の男たちが、こっちを見下ろしているではないか。さっき、訊いて来ると言った男もいちばん右にいる。

なんだか五人は揃いも揃って、貧乏神を見つけた貧乏人みたいな剣呑な顔をしている。しかも、後ろ手になにか持っているらしい。われわれへの贈り物でないことは間違いない。まさか剣ではないだろうが、丸太ん棒くらいは隠し持っていそうである。

「なんだ、そのほうたちは？」

真んなかの神主とおぼしき男が、偉そうに訊いた。

「いや、ちと、どじょうのことで訊きたくて」

「沼のどじょうは神のお使いだ。どじょうさまと呼べ」

「ほんとに神のお使いなのか？」

「無礼なことを言うな」

「でも、ここにいるどじょうと同じようなのが、江戸にもいるぜ。小村井村の池だけど」

「それは、ここから盗んで増やしたものだ。盗んだやつには天罰が下るだろう」

と、神主は言った。すでに語るに落ちている。

「もう下ったよ。ほんとに天罰かどうかはわからないけどな」

「天罰に決まっておる」

神主は、ますます偉そうに言った。こいつも、その罰を下した一人に違いない。

「権作って男だぜ。この村の出身だろう？」

「まあな。だが、飢饉のとき、逃げ出した男だ。あれは、あまりに生意気で、神もどじょうを食べることを許さなかった」

「あんた、そうやって、飢饉のときに見殺しにした人たちがいっぱいいるんじゃないのか」

「うっ」

「食いものがあるのに与えないのは人殺しだぞ」

「やかましい。神は助ける者と助けない者がいるのだ」

「出鱈目(でたらめ)にもほどがあるぞ。とりあえず、おいらたちは権作殺しの件で来た。江戸に来て、あいつを殺したのは誰だ？」

魚之進は訊いた。

「ふん」

五人はいっせいにそっぽを向いた。

と、そこへ――。

「ねえ、魚之進さん」

と、おのぶが声をかけてきた。

「ちょっと待って。いま、大事なところなんだ」

「こっちも大事な話。この沼のどじょうは、神のどじょうでもなんで[illegible]い。尾張(おわり)のあたりの沼や池でよく見るやつよ」

「ほんとか？」

　魚之進は驚いて訊き返した。

「ほんと。ほら、こっちはあたしが、池鯉鮒(ちりゅう)宿と御油(ごゆ)宿の近くの池で描き[illegible]たやつ。そっくりでしょ」

「ほんとだ」

「たぶん、あのあたりから盗んできたやつをこの沼で育てたんだよ。それで、ほかのやつより大きいから、神の使いだとか言ってたんだね」

　おのぶがそう言うと、

「小娘。そなたに天罰が下るぞ！」

　神主が喚(わめ)き、階段を下りて来た。それとともに、後ろ手に隠していたものを振りかざした。神主は刀で、ほかの四人は太い棒を持っていた。

「下がるぞ、麻次」

「へい」

魚之進は、おのぶを守るように後退した。鯉口は切ったがまだ刀を抜き放ってはいない。

「あたしのことなら気にしないで、魚之進さん」

「そうはいかない」

とはいえ、五人に囲まれた。おのぶに気を取られると、こっちが危なくなる。まずは、刀を持った神主をどうにかしようと、魚之進は刀を抜き、

「神主、来い。江戸の山王さまに成り代わって、そなたを懲らしめる」

と、挑発するようにわきへずれた。

「なんだと」

挑発は成功し、神主とほか二人が魚之進に向かって来た。

ところが、この三人、ふだんから三人がかりの稽古でもしているらしく、連係がじつに巧みである。三人の繰り出してくる剣と棒をかわすのが精一杯である。

「江戸に来て、権作を殺したのは、お前たち三人か」

「そういうことだ」

「しかも、小指を切って、どじょう屋の鍋に放り込んだな？」

「江戸の軽薄な連中に、神のどじょうを食われてたまるか」

「だから、あれは神のどじょうでもなんでもないとわかっただろうが」

「やかましいっ」

ちらりと麻次を見ると、やっぱり二人相手に苦戦している。

ここはとにかく逃げ切って、あとは八州廻りに任せたほうがいい。逃げ切れたらの話だが。

そのとき、

「えいっ」

という甲高い声がしたかと思うと、相手の男が一人、くるりと宙を舞い、そのまま沼に水音も豪快に落ちていった。

——なんだ？

なにが起きたか、よくわからない。

さらに、

「きゃあ、助けて！」

と、おのぶが悲鳴を上げた。

九

まるでおのぶの悲鳴を待っていたかのようだった。

わきの藪(やぶ)のなかから二人の旅姿の男が飛び出して来て、

「御用だ。八州廻りだ。神妙にせい」

と、十手を見せた。

「は、八州廻り！」

神主たちに激しい動揺が走った。三人の連係も乱れた。

その隙に、魚之進は神主に突進し、返した峰ですばやく小手を打った。

「ううっ」

神主は剣を取り落として、痛そうに手を押さえ、立ち尽くした。

「御用だ」

ほかの男たちも、すっかり気勢を削(そ)がれ、十手で棒を叩かれただけで、跪(ひざまず)き降参の姿勢を取った。

もはや、抵抗の意志もないらしい。このあたりでは、南町奉行所より八州廻りと言ったほうが、はるかに威厳があるらしい。

「助かりました。わたしは南町奉行所の月浦魚之進と申しまして、こっちはお上の御用を手伝う麻次と申す者です」

と、魚之進は名乗った。

「八州廻りの犬飼小源太です。こっちはわたしの家来の又吉です」

犬飼は、やけに親しげに微笑んでいる。

「あれ？」

見たことがある。

「今朝も取手の宿で」

と、犬飼は言った。

「ああ」

魚之進は思い出した。同じ宿に泊まっていた二人連れだった。昨夜はなんだか怪しいやつに見えたが、八州廻りだったとは驚きである。

するると、魚之進の後ろで、おのぶがもっと仰天することを言った。

「父です」

「え？」

「わたしの父です。だから、許可はもらったって言ったでしょ」

おのぶは、いかにもおかしそうに身をよじった。

魚之進と麻次、おのぶの三人は、水戸街道を江戸に引き返している。

鬼ノ目村の神主ら五人については、八州廻りも以前から目をつけていた。どうも、ほかの村でもあそこのどじょうを盗んだというので、二人ほど殺される事件があったらしい。

八州廻りの犬飼小源太は、娘のおのぶから魚之進たちの一件を聞き、その調べに乗っかろうというので、今日のようななりゆきになったのだった。

下手人たちは、とりあえず八州廻りに渡し、魚之進たちはいまから夜になる前に江戸に着くように、取手の宿を引き払って来たのである。

「まったく驚いたなあ」

魚之進は言った。

「驚かせるつもりはなかったんですけど、なんか言いそびれて」

「そういえば、お父上は勘定方の下のほうにおられると言っていたっけ」

八州廻りは、勘定奉行の管轄下にあるのだ。

「それにしても、おのぶさまがやつらの一人を沼に放り投げたのは凄かったですよね。武芸を習われていたので？」

　と、麻次が訊いた。

「ええ、まあ、柔術と薙刀を少々」

「少々？」

「というか、いちおうどちらも免許皆伝」

「へえ」

　麻次は目を丸くした。

　魚之進は、薙刀の免許皆伝にも驚いた。薙刀というのはかなり強い武器で、女だと馬鹿にするとひどい目に遭う。どちらも免許もらい立てとして、男の剣と女の薙刀が立ち合うと、まず薙刀が勝つ。柄が長く、槍より小技も利く薙刀は、じつに手強い武器なのだ。

　それから麻次はちょっと歩みを緩め、魚之進の袖を引いて、

「旦那。あの娘を嫁にというのは引っ込めます」

　と、小声で言った。

「え？」

「あんなのを嫁にした日には、たちまち尻に敷かれてしまいますぜ」

「そうかもな」

魚之進は、自分がほんとにおのぶの尻に押さえつけられている光景を想像し、思わず笑ってしまったのだった。

十

奉行所にもどると、まずは与力の安西にことのなりゆきを報告した。

「なるほど。八州廻りのほうの罪状を明らかにしたうえで、こっちに寄こすわけだな。よくやったではないか」

「いや、ちょうど八州廻りといっしょになったので捕縛に至りましたが、一時は麻次とともに逃げようかと思ったくらいです」

まさか、おのぶのことは言えない。

「そうか。それで、疲れているだろうが、お奉行のところへ行ってくれ」

「え?」

今日は私邸のほうではなく、奉行所内の奉行の部屋を訪ねた。

「もどったか」

と、筒井和泉守は書類から魚之進のほうへ向き直り、

「じつは、今朝、急にお城から使いが見えて、上さまが会津侯の屋敷を訪ね、うなぎを召し上がるので、味見方も来て欲しいと言って来てな」

と、言った。

「なんと」

「月浦は出張していると言うと、こういう急なお出かけが入る場合があるので、以後、月浦には出張をさせないでくれと言われた」

「そうですか」

「どうも毒見役も自信がないとのことでな」

「なぜです？」

「ひたすら食うことだけに専念してきて、毒の知識などはほとんど持っておらぬらしい。だから、毒を食って当たることはできても、その毒の種類とか入手経路、混入の手口などを摑むことはできまいと」

「だが、わたしだって……」

毒の知識はたいしたことはない。

いちおう、寝る前には、毒についての文献などを当たってはいるが、まだまだにわか仕込みである。

「それはそうだ」

「では、明日にでもお城に伺うので？」

「いや、会津藩邸のほうには来て欲しかったが、お城のほうはまだ、そなたを迎える仕度ができていないらしい」

「わたしを迎えるのに、なんの仕度がいるのでしょう？」

「そうよのう。だが、大奥のほうでばたばたしているらしい」

「大奥で？」

女ばかりの恐ろしいところだと聞いている。味見方がそんなところへなんの用で行くのか？

「どうも、大奥の連中というのは、道理が通らぬところがあるらしいな」

「はあ」

なにやら、城へ行く日が恐ろしくなってきた。

第三話　婆子丼（ばばこどん）

一

季節はめっきり春めいてきている。あと十日もすると、桜の蕾がほころび始めるのではないか。

それなのに、魚之進は毒の研究をしなければならない。春に毒というのは、取り合わせが悪い。発句にするのも難しそうである。春宵に隠し持ったる毒の壺。うぅむ。

毒といえば、「石見銀山」だろう。ねずみを殺すのにも使われるやつで、ときどき道で売り子を見かけたりする。入手にはなんの苦労もない。

石見銀山は、日本橋馬喰町の〈吉田屋〉が卸している。江戸っ子なら誰でも知っている有名な店である。あるじは小吉といい、市川一角は検死のことで何度か会って話を聞いたことがあるという。

魚之進も、そこに話を聞きに行くことにした。

道々、魚之進は麻次に、

「おいらはもしかしたら月に十日ほどは、お城に詰めることになりそうなんだ。手伝ってくれるかい？」

と、訊いた。

「お城って、千代田のお城ですかい？」

麻次は目をひん剝いた。

「ほかに城はないだろ」

「吉原は不夜城っていいますぜ」

「おれはああいうところには行かない」

「ですよね。そりゃあ、旦那の仕事ならなんだって手伝わせてもらいますが、あっしなんかお城に入れるんですか？」

「入れるんじゃないか。いちおう、その素敵な尻っぱしょりはやめてもらうことになるだろうけど」

魚之進は麻次の下半身を指差して言った。また麻次の場合、そんなに上までからげなくてもいいのではというくらい、股引を露わにしている。なにか見せたいものでもあるのだろうか。

「もちろんです。お城で殺しでもあったんですか？」

「うん。起きるかもしれないという話さ」

詳しいことは言えるわけがない。

「へえ」

「下手すると、おいらも麻次も毒を飲む羽目になるかもしれない」

「えっ、それで吉田屋小吉のところへ行くんですか？」

「ああ、そうだよ」

「…………」

麻次はすでに毒を飲んでしまったような顔になった。

吉田屋は、堂々たる店舗である。看板だけ見ても、お城の御用達でも務めていそうである。いったい何匹のねずみを殺してこれだけの身代にしたのかと思うと、ねずみが可哀そうになってくる。

今日は、定町回りのおなじみの同心姿ではなく、袴をつけて一本差し。長刀だけを差し、十手は見えないように羽織のなか、背中のほうに差している。

その十手をチラリと見せて、

「南町奉行所の者だがね」

と告げると、あるじの小吉が帳場から下りて来た。

「これはどうも」

歳は六十にはなっていそうである。近くで見ると、顔に大小の赤や青のぶつぶつができている。肌がまだらに黄色く染まっている。これはもしかしたら、毒を日常的に扱っているせいではないか。お茶を出されても飲まないことにした。

「ちっと石見銀山について教えてもらおうと思ってね」

「はい、どうぞ。なんか、ありましたか？　市川さまには二度ほど、石見銀山の効き目や症状のことで訊かれましたが」

「うん、まあ。おいらは江戸っ子が口にするものを担当してるので、毒のことも知っておきたくてさ」

「なるほど。ただ、よく誤解されるんですが、石見銀山とは言っても、じつは石見銀山で取れるんじゃないんです」

「違うの？」

「石見国ではあるのですが、笹ケ谷（ささがたに）銅山というのがありまして、そっちで取れるんですよ。そのまんま取れるんじゃなく、石をどうにかして、まあ、ああいう毒の粉にするわけですがね」

詳しい方法は教えたくないらしい。

「それは、飲むといきなり死ぬのかい？」

「よっぽど大量に飲ませれば、その日のうちに死にますが、たいがいはいきなりは死にません。吐いたり、下痢したり、熱が出たりといった症状がしばらくつづきまして、ついにはおっ死んじまうってわけで」

吉田屋小吉は軽い調子で言った。

手に茶碗を持っていて、それをごくりと飲んだ。見ると、色はついておらず、ただの水みたいである。幸い、魚之進たちにお茶を出してくれるようすはない。

「味とかはあるのかい？」

「いや、無味無臭です」

「だったら、飲まされてもわからないじゃないか」

「そうなんです」

「手の打ちようもない？」

「ただ、この石見銀山に銀を入れますと、表面が黒くなります。それで入っているのがわかったりします」

「そうか、銀か」

つねに銀貨は持ち歩くようにしないと駄目だろう。

「でも、ねずみ殺しは石見銀山だけじゃないですぜ」

と、小吉は共犯者を密告するような顔で言った。

「そうなの？」

「マチンてやつもあります」

「ああ、マチンか」

これもよく聞く。ねずみだけでなく、これで野良猫や野良犬を殺したりもするのだ。まったく、江戸っ子というのは、意外にふつうに毒に囲まれて生きているのだ。

「マチンは、馬銭子（マチンし）といいましてね。フジウツギの種が原料なのですが、わが国では自生しておらず、南蛮貿易で薬として入って来ています」

「薬なんだ？」

「だいたい毒と薬というのは、紙一重だったりしますのでね。ほんのわずかな量の違いで、薬にも毒にもなるんです」

「なるほど」

「ほかにも毒のあるものはいっぱいありますよ。アジサイの葉っぱだって毒ですし、ツツジの枝にも毒はありますよ」

「そこらじゅうにあるじゃないか」

「はい。それと、強力さでいったらフグの毒には敵わないでしょう」

「フグかあ」

前にもフグ毒がからんだ一件はあったが、もう少し詳しく研究すべきかもしれない。

「まあ、悪意がある人間が、こいつを殺してやろうと思ったら、まず防ぎようがないでしょうね」

「防ぎようがない？」

「まあ、人間、できるだけ他人に恨まれないようにすることですな」

そう言う当人は、四方八方、天井裏から縁の下まで敵がいそうである。

「なるほど」

「あとは、おかしいと思ったら、とにかく水をがぶがぶ飲んで、早く出してしまうこと。それくらいしかないでしょう」

そういえば、吉田屋小吉は話しているあいだじゅう、ずっと水を飲んでいたのだった。

二

吉田屋を出て、浜町堀のほうに歩き出すと、

「旦那。本気で心配なさってるんですね？」

と、麻次は言った。

「そりゃ、本気だよ」

「それくらい危ない仕事ってことですか？」

「うん」

魚之進はうなずき、真剣な目で麻次を見た。

「わかりました。あっしもこれからは、毎朝、子どもたちと水盃を交わしてから出て来るようにします」

「まあ、麻次はそこまで危ない目に遭わないだろうけど、おいらはそうはいかないかも……」

最後のほうは、ぶつぶつと小声でつぶやいた。

ただ、しておくべきことはまだありそうである。

奉行所にもどったら、例繰方に頼んで、巷の毒殺事件について洗い出してもらわなければならないだろう。

それと、毒と薬は紙一重と言っていたので、誰か優秀な医者の話も聞いておきたい。

二人が浜町堀沿いに汐見橋のところまで来たところで、

「あ、月浦さま」

ばったり出会ったのは、味見師文吉だった。

「ちょうど、よかった。お報せしたいことがあったのです」

「なんだい？」

「この文吉、味見師として屈辱を味わいましてね」

「ほう」

「浅草の吾妻橋の近くの〈かわぞい〉って料理屋がつくる〈婆子丼〉というのをご存じですか？」

「いや、知らないよ」

「なにかの肉らしきものと玉子を甘辛い出汁でとき、それを飯にかけて食うんですがね。ただ、その肉がなんの肉かがわからないんです」

「ふうん」

「玉子となにかで、玉子の婆さんに当たるらしいんです。玉子の親はニワトリですわな。でも、鶏肉だったら、親子でしょ。親子丼でしょ。そうじゃなくて、婆子丼なんだって言うんですよ」

「ニワトリの親は、またニワトリだろうが。アヒルがニワトリを産むか？」

そう言ったあと、もしかしたら身持ちの悪いニワトリの牝が、アヒルの牡と浮気することもあるのだろうかと不安になった。

「理屈はそうですよね。でも、違うんだそうです」

「それは味見師だったらほっとけないな」

魚之進はいくらかからかうように言った。

「そうなんです。それで、挑戦したんですがね。外れました。淡泊な味で、歯ごたえも鶏のささみによく似てるんです。それで、あっしは、ささみだろうと言うと、皆さんそう言うけど、違いますと」

「珍しい肉なんだ？」

「でしょうね。このあっしがわからないんですから」

「それが大人気なのかい？」

「いや、大人気ってほどじゃないです。ただ、食通だったら誰でも挑戦したいでしょうね」

「なるほど」

「いつもあるわけじゃないそうです」

「へえ」

「その肉らしきものが入ったら、つくるのだそうです。そのときは、店に貼り紙が出ます。婆子丼できますと」

「ほう」

「あっしが試したのは一昨日（おととい）ですから、いまだったら、まだ、やってると思います。月浦さまもぜひ、食ってみてくださいよ」

「いやあ、文吉さんにわからなかったのが、おいらにわかるわけないよ」

魚之進は、泳ぎ始めたばかりのオタマジャクシの足みたいに、両手をぱたぱたと振った。

「いいえ、月浦さまなら、意外なあたりから迫ったりしそうですよ。しかも、いまになって、あっしがもしかしたらと思うものが出てきましてね。それだと、ちっとまずいことになるんですよ」

文吉はそこで急に声をひそめた。

「まずい？　なんで？」

「いや、だから、ぜひ」

文吉はいやにしつこく勧める。

ちなみに、この時代、〈親子丼〉という名の料理はまだない。一説によれば、創業が宝暦十年で、人形町にいまもある鶏鍋の〈玉ひで〉が、鶏肉のすき焼きの残りと玉子で親子丼をつくるのは、明治になってからである。

したがって、この店の婆子丼は親子丼からの連想ではなく、純粋に玉子の祖母という発想で生まれたことになる。

「そういうのって、店のあるじは、当たってても違うと言うんじゃないの？」

と、魚之進は疑った。

「そうだよ。だいたい切り身にしちまえば、なんの肉かなんて、わからなくなっちまうんだから」

わきから麻次も言った。

「そこは疑えばきりがないですよね」

「文吉さんは、ほんとのことを言ってると思うんだ？」

「じっさい当たったやつもいるらしいんですよ。いままでに二人だけ」

「そいつから洩れないの？　そういうのって、たいがい洩れるよ」

「洩れてきてないみたいです」

「ふうん。そこも不思議だな」

だんだん興味がわいてきた。

意外な悪事がひそんでいないとも限らない。

「もしかしたら、手柄になるかもしれませんよ」

「それはわからないが、その婆子丼はうまいの？」

「うまいです。滋養がある感じもしますし」

「だったら行くだけ行ってみるよ」

と、文吉の頼みを引き受けることにした。

三

吾妻橋のたもとから北へ少し行った大川沿いに、その料理屋かわぞいはあった。こぶりの建物だが、二階もあって、そこからは川も見えるだろう。花見の季節は、絶景が売りになるのではないか。

あるじはまだ三十代の半ばくらいか。波打つような青い縞(しま)の着物を長めに着こなして、いかにも洒落者である。客席に料理を運んでいるのは女将だろうが、こちらは畑を耕しても似合いそうな、地道な働き者といった感じである。

「二階も上がれるのか」と訊くと、花見のころだけで、ふだんは家族の住まいになっているとのこと。一階の板の間に、ばらばらに六人ほど客がいる。いっぱいになれば、十五、六人は入るだろう。

壁に品書きがあり、

「婆子丼」

も出ていた。

「婆子丼てなんだい？」

魚之進は女将に訊いた。

「内緒なんですよ。当てたら、お代はタダにしますよ」

「へえ」

いい値がついている。銀で一匁五分。銭なら百五十文（およそ三千円）である。

そもそも玉子が高いから、それをふんだんに使えば、二、三十文で食べられるわけがないのだが、それにしても高い。

「頼む人、いるのかい？」

「ええ、まあ」

ほかの客を見ると、丼物を食べている客はいるが、それが婆子丼かどうかはわからない。

「面白そうだから頼んでみようかな」

魚之進はちょっと迷ったふりをして、

「婆子丼を二つ」

と、注文した。

「婆子丼二つぅ！」

女将が大声でそう言うと、あるじが、

「はいよ」

と、威勢よく返事、ほかの六人の客も、いっせいに魚之進を見た。

奥の調理場でつくっているので、なにをやっているかはわからない。だが、それほど時間はかからずに、

「お待ちどおさま」

と、婆子丼は出てきた。

蓋がしてあるので、それを取る。

ぷぅんと甘じょっぱい香りが鼻を突く。玉子は半分とろとろで、その黄色と、長ネギの緑と、なにやらの肉の白と、いい色の取り合わせになっている。

「どれどれ」

魚之進は、どんぶりの端に口をつけ、具といっしょに飯もかっ込んだ。

濃いめの味が口に広がる。だが、肉は淡泊なので、くどい感じはまったくない。

「どうだい？」

麻次に訊いた。

「うまいですね」

「うまいよな」

「あっしも旦那のおかげで、こういううまいものを食べさせていただけるんだから、ほんとありがたい話ですよ」

「肉はなんだろうな？」

「魚といっても不思議じゃないですが、魚よりは歯ごたえがありますよね」

「だよな」

「鶏肉にもこういうところはありますよね」

「ささみのところだろ。おいらも、そう思うんだが、違うのかなあ」

たちまち食べ終わったがわからない。

勘定を払う段になって、文吉も違うと言っていたが、いちおう、

「ささみだろ？」

と、訊いた。もしかしたら、今日はささみを使ったかもしれない。

「違うんですよ」

女将は嬉しそうに笑った。

「そうだよな」

もともと本気でタダにしてもらおうとは思っていない。

代金を渡して立ち上がると、

「あ、どうも」

女将がふいに入口のほうに媚(こ)びたような声で挨拶した。

見覚えがある。北町奉行所の定町回りの同心。たしか、名前は渡来順太郎(わたらいじゅんたろう)。

「よう。南の月浦じゃねえか」

「どうも」

すると女将が驚いて、

「え？　同心さまだったのですか」

「まあね」

女将は調理場にもどっていたあるじのところに行き、なにやら耳打ちをした。

「ここはよく来るのか？」

渡来が訊いた。

「初めてです」

「まさか、婆子丼を試したのか？」

「ええ、まあ。駄目でしたけどね」

「あれは当たらねえよ」

と、渡来は笑って、魚之進の肩を叩いた。

四

「文吉だってわからなかったんだ。おいらたちが舌で当てようったって無理だよ」

歩き出しながら、魚之進は言った。

「そうですよね」

「だが、気になるんだよな」

魚之進は足を止めた。

「もしかして、渡来さまが出入りしてるからですか？」

麻次が遠慮がちに訊いた。

「それもあるかな」

「あまり評判はよくないですからね」

「岡っ引きのあいだでかい？」

「というより、巷で」

「ふうん」

「やり過ぎなんじゃないかと」

「ねだり過ぎってこと？」

「ええ、まあ」

「なるほどな」

同心というのは誘惑も多い。うっかりすると、すぐに袖の下になにか抛り込まれる。味見方の仕事だって、飲食費を奉行所が持ってくれなかったら、誘惑に陥りやすいかもしれない。

「危ないな」

　ふと、魚之進は戒めるように言った。

　目の前を小さな子どもがよちよちと通り過ぎた。よく転ばないものだと感心するくらいである。後から母親がいちおう手を添えるように追いかけている。

「そういえば、二階で子どもの足音がしてたよな」

「ああ、ばたばたしてましたね」

　魚之進はふと閃いて、目の前の子どもの母親に、

「なあ。あそこにかわぞいって料理屋があるだろ」

　と、声をかけた。

「はい」

　若い母親は、愛想よくうなずいた。

「あそこにも、この子と同じくらいの子どもがいないかい？」

「いますよ」

「名前、なんてったっけな？」

「お玉ちゃんでしょ」

「そうそう、お玉ちゃん」

しらばくれて、さも知っていたみたいに手を叩いた。玉子のお玉ちゃん。

「婆さんもいるよな？」

と、魚之進はさらに訊いた。

「ええと、います」

「名前、知ってるかい？」

「たしか、お鶴さんだったような」

「そうそう、お鶴さんだ。ありがとよ」

魚之進は礼を言って歩き出した。

「旦那。やりましたね」

麻次が言った。

「まあな」

「鶴の肉だったんですね」

「うん」

「でも、鶴の肉は駄目でしょう」

鶴は禁制である。将軍以外、口にできない。縁起がいい鳥だからというだけでなく、素晴らしくうまいからではないかという憶測もある。

「それは、調理したほうはもちろん、食ったほうもいろいろ詮議されるわな」

「だから、当たっても言えないですよね」

「言えない。当たらなかったんじゃなく、わかっても言えなかったりするよな」

なんで、鶴の味を知っているんだということになる。

ましてや、北町奉行所の同心がしょっちゅう来ている店である。

「当たってタダにすることも減るし、秘密は守られるわけですね」

「でも、鶴の肉なんか、そうそう手に入らないだろう」

「だから、いつもはないんでしょう」

「ほんとに鶴の肉かな？」

一匁五分でそこまで危ない商売をやるだろうか。

「どうなんですかねえ」

「北の同心がしょっちゅう来てる店だぞ」

「ですよね」

話がきな臭くなってきた。

おねだりが過ぎて評判の悪い北町奉行所の同心。

それに禁制の鶴の肉。

この二つがどうからむのか。

「ねえ、旦那。ここは変に突っ込まないほうがいいんじゃないですか?」

麻次が心配そうに言った。

「しばらくようすを見るか?」

「そのほうが」

ということになった。

五

魚之進は奉行所にもどると、先輩の市川一角に、毒のことにも詳しい医者を知っているか訊いた。もちろん、将軍暗殺計画については言えない。

「それなら、八丁堀に住んでいる医者の佐野洋斎(さのようさい)がいい」

と教えてくれた。さっそく訊ねることにした。遅くなるかもしれないので、麻次には先に帰ってもらった。

八丁堀の真んなかあたりを流れる荷舟用の掘割に架かる地蔵橋(じぞうばし)があり、そのすぐわきで柳の木二本に挟まれた家が佐野洋斎の医院兼住まいだった。

魚之進はその前に立ち、

「ここかあ」

と、顔をしかめた。

まだ十歳前後だったが、ここで人が亡くなったという話を聞き、ちょうど出て来た医者に向かって、

「人殺し」

と言い、凄い形相で追いかけられたのを思い出したのだ。

——まあ、覚えてるわけはないか。

そう思って、訪ないを入れた。

「じつは、先輩の市川一角さんから紹介されまして、毒物についていろいろお伺いしたいのですが」

「そうですか。どうぞ」

診療室のような部屋に案内された。

後ろには大きな薬を入れた箪笥がある。引き出しには薬草の名前が書いてあるが、読めないものもいっぱいあった。

「以前、お会いしましたかな？」

いきなりそう言われてドキリとした。

「いや、初めてだと思います」

「そうですか？」

と、佐野は疑ったみたいに、魚之進をじいっと見た。

あのころ五十歳くらいの人かと思ったが、いま見ると四十五歳くらいである。まさか、薬で若返ったわけもないだろうから、あのころは三十前くらいだったのだろう。

「それで、とある人物が、毒殺を心配していまして、わたしが警戒するように仰せつかったもので」

「なるほど。それは難しいですぞ」

「そうですか」

「毒といってもいろいろですが、なんの毒を警戒なさっているので？」

「どういう毒が使われるかはわからないのです」

「ううむ、なおさら難しいですな」

佐野洋斎は唸り、

「古来、よく使われるのは、トリカブトですな」

と、言った。

「ああ、確かに」

「これは口にしても毒だし、矢に塗っても使われた。ただ、分量によっては薬にもなる。薬のときは附子(ぶし)といわれ、八味地黄丸(はちみじおうがん)にも使われています」

佐野は後ろの箪笥の右下を指差した。確かに〈附子〉の文字がある。ここに来て、ちょっとした隙に附子を盗めば、毒は容易に入手できる。

「ガマガエルからも薬になる毒が取れます」

「ガマの油？」

「それとは別にわれわれが使うのはセンソというもので、これはうどん粉とこねて内服用にします。鎮痛や強心にもよく効きますが、多量に飲ませると死にます」

「ははあ。では、フグの毒は薬にもなるので？」

「あれはならないでしょうな。工夫するとなるかもしれないが、少なくともわたしは使ってないですな」

「ツツジやアジサイまで毒があると聞きましたが」

「ええ。まだまだありますぞ。夾竹桃(きょうちくとう)、紅テングタケ、ケシ、スズラン、ノウゼンカズラ……急に言われても思い出せないが、そこらに自然に生えていて毒があるのはいっぱいあります」

「それは食べさせるのですか？」

「食べるだけではない。例えば、ツツジの枝で箸をつくり、それでなにか食べても毒が回ることもある」

「そうなので」

箸まで警戒しなければならないことになる。

「煙にして吸わせる方法だってある」

「煙まで要警戒ですか」

「それまで元気だった人が、急に吐き気がしたり、めまいがしたり、息が苦しくなったりしたときは、われわれ医者は当然、毒物も疑います。当人もなにかおかしいと思うでしょう。それで、毒を盛られたのが発覚することもあります」

「なるほど」

「警戒するなら、あらゆることに細心の注意が必要です」

「ある人からは、まずは他人から恨まれないようにすべきだと言われました」

「なるほど」

それは無理だというように佐野は苦笑した。

「だが、すでに恨まれているとなると」

魚之進はそう言って、頭を掻いた。

「もしやと思ったら、多量に水を飲んで流してしまうことですな」

「それはほかの人からも言われました」

「水をひとしきり飲んだら、次は茶を飲ませてもいい。茶には、元気をつける作用もありますからな」

「いいことをお聞きしました」

「あとは、身近に毒になるものを置かぬことですな。さっき言った草花は、庭木などにはしないことが大事でしょう。なければ持ち込まなければならない。持ち込むときに見つけられる可能性はありますからな」

佐野洋斎はそう言って、いま話に出た毒のある草木を紙に書き、ほかに思いついたものがあれば、報せてくれることになった。

六

三日ほどしてからである。

北町奉行所内のことが、噂として伝わってきた。

定町回り同心の渡来順太郎が、なにやらお咎めの処分を食らったらしい。

先輩同心の赤塚専十郎は、

「やっぱりなあ。おいらもいつかまずいことになるとは思っていたんだよ」

と、首筋を撫でながら言い、

「やり過ぎなんだよ」

と、付け足した。

「なにをしたんです？」

「なんでも、日本橋通一丁目の茶問屋の〈掛川屋〉で女中として働く娘に目をつけ、まずはこの娘が大泥棒の手引きをしているかもしれないとあるじに告げ、店を馘にさせたんだと」

「なんの罪もない娘をですか？」

それはひどいだろう。

「しかも、『押し込みを未然に防いだ』というので、掛川屋のあるじには礼金五十両を要求したらしいんだ」

「五十両！」

押し込みだって、それくらいで逃げるときもある。

「あるじが仕方なく払うと、渡来はその金で馘になった娘にちょっとした一杯飲み屋を買ってやり、自分はそこに出入りするようになっていたらしい」

「ははあ」

「どうもおかしいというので、茶問屋の番頭や手代が一部始終を調べ上げ、北町奉行所に訴えて出たってわけだ」

それは無理もないだろう。

「それでお咎めとは？」

「重いよ。謹慎では済まず、役目も取り上げられたそうだ」

「ということは、八丁堀の役宅も出て行くことになるんですか？」

「そりゃあ、当然だろう」

「そうですか」

婆子丼の件もうやむやになってしまうかもしれない。

「どうかしたか？」

「いや、渡来さんの行きつけの店のことで、ちょっと訊きたいことがあったんですよ」

「今日あたりはまだいるから訊けばいいじゃねえか。遠慮することあねえよ。てめえが招いた災いなんだから」

「そうですよね」

魚之進は気が重かったが、急いで渡来の家を訪ねることにした。

渡来の役宅は、八丁堀でも南のほうの岡崎町（おかざきちょう）にあった。門のところに来て、なかを窺った。どうやら引っ越しの支度をしているらしい。家族だっているだろうし、渡来もつくづく馬鹿なことをしたものだと思う。

なにか掛け軸の埃（ほこり）でも払うところらしく、ちょうど玄関のところへ出て来たので、

「渡来さん」

と、声をかけた。

「なんだ、月浦か。どうした？」

声のようすだと、さほどひしがれてもいない。

「料亭かわぞいのことでお訊きしたいことがあったんですが」

「なんだ？」

「鶴じゃないですよね」

手っ取り早く、単刀直入に訊いてしまいたい。

「え？」

「そう思わせているだけでしょう？」

魚之進がそう言うと、

「よくわかったな」

渡来はにやりとした。

「ほんとはなんの肉なんです？」

「それはおれも知らねえのさ」

「そうなんですか」

「訊いても教えなかった。まあ、おれもタダで飲み食いしていたから、あんまり無理強いはしなかったがな」

「はあ」

「あいつはああ見えて、頭のいい野郎だよ。おれの飲み食い分くらいは、おれが出入りしてるってことを利用して、ちゃんと取り戻してたはずだ」

「なるほど」

「掛川屋の野郎も、訴えてなんか出ないで、うまくおれを商売に利用すりゃあよかったんだ。まったく融通の利かねえ商人なんか、長いことはねえぞ」

渡来は身勝手な文句を言った。

「大丈夫なんですか？」

魚之進はつい訊いてしまった。

「この先のことか？」

「ええ、まあ」

「ここまでずっとおねだりばっかりして生きてきたんだ。食っていく分くらいは溜め込んでるさ」

「はあ」

「だが、女房子にはすまねえことをしたわな。倅もてっきり同心になるつもりだったから、子どものときから十手を持って遊んでいた。もうこれからは、浪人の道しか残っちゃいねえ」

渡来の顔が歪み、魚之進も見ていられず視線を外した。

「おめえも、おねだりは適当にしといたほうがいいぜ」

渡来の言葉に、胸のうちでは、

——そんな気は端からありませんよ。

と答えたかったが、

「わかりました」

とうなずき、別れを告げた。

七

渡来もわからなかった。だが、こうなったら意地でも正体が知りたい。

翌朝、麻次に会うとすぐ、

「かわぞいのあの謎の肉は、あの店にいて入手できるのかな？」

と、言った。

「誰かが届けて来るんですか？」

「そうでなかったら、裏の大川で釣ったり、あるいは水鳥を捕まえたりするのか」

「ははあ。でも、あのあたりで捕まえられるようなやつだったら、なんの肉かもわかるでしょう」

「だよな。だから、誰かが届けて来るか、あるいはあいつがどこかに仕入れに行くか、それとも自分で捕まえに行くんだ。そのとき、跡をつけようじゃないか」

「なるほど」

朝からかわぞいに向かうことにした。

南町奉行所から吾妻橋までは一里足らず。足早に歩いて四半刻（三十分）に熱い茶を冷まして飲む程度の時間を足したくらいで着いた。

あるじはちょうど出かけるところだった。魚之進と麻次は、慌てて用水桶の陰に隠れた。あるじは魚籠と小さな竿を持っている。弁当らしきものは持っていないので、遠出ではないのだろう。

「釣るんだな」

「さほど大きいのではないんですね」

吾妻橋を渡った。

水戸家の蔵屋敷の前を通り、右に折れた。ここらは小梅村だろう。

もう田んぼや畑ばかりである。田んぼにまだ水は張られていないが、畦道は枯れた草を押しのけるように緑の草が伸びてきている。土や草の匂いが強くなっている。

「まさかどじょうじゃないよな」

このあいだの一件を思い出した。あのどじょう池とここはさほど離れていないのではないか。

「いや、どじょうの味じゃないですよ」

「だよな」

小川があり、かわぞいのあるじは釣り糸を垂らした。

あまり近づくことはできない。

「あ、釣れたみたいだぞ」

すぐに釣れたのだ。だが、棹(さお)を撥(は)ね上(あ)げたりしないので、釣ったものはわからない。

また釣れた。

「どんどん釣れるな」

「なんですかね」

「麻次だけ、近づいて見て来てくれ」

「あっしだって、この前、顔を見られてますぜ」

「そういうときはつくり顔で行くんだ」

「つくり顔ねえ」

麻次は、百姓が田んぼの見回りでもしているように、手を後ろに組み、ゆっくりと近づいた。眉をあげて、目を細め、口を尖らしている。そうしている分には、この前会った男とは思われないかもしれないが、逆に、なんだあいつは？　と、注意を引いてしまうかもしれない。

案の定、かわぞいのあるじはちらりと麻次を見ると、警戒するように慌てて魚籠と釣り竿を持ち、逃げるみたいに遠ざかった。あれでは追いかけるのもまずい。

すごすごと戻って来て、

「逃げられてしまいました」

「うん。変な顔にし過ぎだろう」

「そうですか」

「それに、後ろめたいから逃げたんだ」

「密漁の類いですかね」

「なんだろうな？」

首をかしげたとき、足元の小川の岸で、石が動いた。

いや、動いたのは石ではない。アカガエルと言われる大きなカエルだった。カエルも啓蟄を過ぎ、のそのそと冬眠から覚めて動き始めているのだろう。

「まさか、これじゃないよな？」

と、魚之進は指差して言った。

「えっ、カエルですか？」

「確か、このカエルは食えるんだよな」

見た目だけだと食べる気はしない。毒があるといってもおかしくはない。ふつうのアオガエルなら、飴みたいにしゃぶってもいいが、これは不気味な容貌をしている。だが、食べられると聞いたことがある。

「食えます。あっしは食ったことはありませんが、昔、うちの隣にいた爺さんが、死ぬ間際によく食ってました。あの人はカエルなんか食ってたから死んだんだと言われていました。だからあっしも、カエルは食いたくないのかもしれません」

「まずは確かめよう」

と、魚之進たちは跡を追った。

土地に起伏が出てきて、かわぞいのあるじはいったん丘を上り、それから下ったところの小川でふたたび釣り糸を垂らした。ちらちら周囲を見るので、魚之進と麻次は地を這うように近づいた。

今度は小川もよく見える。

釣り上げた。ガニ股の生きもの。どう見てもカエルだった。

「やっぱりカエルだ」

そう言って、ふっとおのぶのことを思い出した。おのぶもカエルに似ているが、アカガエルではない、アオガエルのほうである。

「ええ」

「まさかカエルだとは思わなかったぜ」

「まったくです」

してやられた思いはあるが、カエルの愛嬌のせいか、さほど腹立たしくはない。

八

それから浅草寺周辺を見回り、昼飯どきになるのを待ってから、かわぞいにやって来た。釣ったばかりのカエルをすぐに食わせるのか。下ごしらえとか、醤油につけるとかしないのか。

今度は正体がわかって食うのだから、味の判断もできそうである。

店の前に来ると、見たことのある男が、一足先にのれんを分けた。総髪を後ろで束ねた六尺を超す大男。

「あいつ、北大路魯明庵だよ」

「ああ、ぬるぬる屋に来てましたね」

後からなかに入ると、

「なんの肉か当てたらタダにするんだって？　その婆子丼をもらおうじゃないか」

と、北大路魯明庵はさっそく注文していた。

窓際の席にどかりと座り、偉そうに店のなかを見回したりしている。

魚之進と麻次は、小声で婆子丼を頼み、屏風(びょうぶ)に隠れるように離れて座った。女将は二人を覚えていたらしく、

「先日はどうも」

と、挨拶した。

客はほかに五人ほどいるが、誰も婆子丼は食べていない。

まもなく婆子丼ができてきた。先に魯明庵の前に置かれ、つづいて魚之進たちの

ところに来た。

ほかの客も興味津々で目を向けている。

「どれどれ」

魯明庵は肉を箸でつまんで口に入れ、それから飯もかっ込んだ。

すぐににやっと笑って、

「これが誰もわからぬのか?」

と、大きな声で調理場のおやじに訊いた。

「おわかりですか?」

おやじはわかるはずがないといった顔で、客席まで出て来た。

「たいがいは鶏のささみだと思うだろう。だが、ちょっと口の肥えたやつは、ささみじゃないことに気づく。そのなかの一部はそこの絵に目を留める」

と、指差した。

池に二羽の鶴が舞い下りるところを描いた絵。

そんなのがあったとは、魚之進も気づかなかった。

「もしや、と思うわな」

「…………」

「だが、鶴なんか食ったとわかれば、食わせたあんたもお咎めだし、食ったほうも無事では済まないかもしれない。それでも客は半信半疑で言ってみる。鶴の肉じゃないの？　と。おめえは言う。当たりました、でも、これはご内聞に願いますよと。客も、そのやばいものを食ったことがあるとは言えない。だが、一匁五分の代金をチャラにしてもらい、喜んで帰って行く。それがしょっちゅう当たれば、あんたも儲けは薄いが、鶴の肉なんざ思い浮かぶやつはそうそういねえ。思いついても、たいがいは言えねえ。それで、ほとんどの客はささみだの、ウサギだのと言って、間違ってしまう。あんたは大いに儲かるという寸法だ。なかなか智恵をしぼったじゃねえか」

「…………」

「だが、そういうまやかしが通じるのは、ものの味がわからぬやつだけだ。おれには通用しない。おれは、何度も鶴の肉は食った」

そんなことを言ってはばからないとは、北大路魯明庵は何者なのだ？

「そうなので」

あるじの顔色が悪い。

「これは違う」

「…………」

「当てようか？」

「は、はい」

「カエルの肉だ、これは」

「…………」

あるじの手がぶるぶるっと震えた。

「骨を取ったモモのところだ。いったん醬油に漬けたのを軽く油で揚げて、それから玉子に合わせたな。やるじゃないか」

「そこまでわかりましたか」

「近ごろは食わなくなっているが、この国の人間はもともとカエルを食っていたんだ。日本書紀にも書かれているしな。カエルの肉で一匁五分の代金が取れたら、そりゃあ儲かるわな」

「あいすみません」

「だが、なんでカエルの肉で婆子丼なんだ？」

魯明庵は鋭いところを突いた。

確かにそうである。

娘が玉で、祖母が鶴。肉を鶴の肉に思わせたいから婆子丼にした。

だが、カエルの肉なら、婆にはならないだろう。

「へえ。娘の名前が玉と言いまして、これの婆さんは伊豆の河津出身なもんで」

「ふん。くだらねえこじつけだな」

「へえ」

あるじは汗をかいている。

「だが、味は悪くねえ」

「どうも」

魯明庵は半分だけ食べたところで箸を置き、

「じゃあな」

と、颯爽と店を出た。

もちろん代金は払わない。

九

店にいたほかの客は、顔を見合わせてひそひそ話をしている。隣の声が聞こえてきた。

「あれ、カエルの肉だったんだ」

「食べなくてよかったぜ」

ほかの客も同じようなことを言っているのだろう。

この噂はたちまち広がることだろう。

あるじはまだ、客席のほうで呆然と立っている。

「凄いな、あいつ。味だけでわかったんだ」

と、魚之進はあるじに言った。

あるじは、魚之進と麻次を見て、やはり思い出したらしく、

「こりゃどうも」

と言い、さらに、

「凄い舌の持ち主でしたね」

と、呆れたように言った。

「じつは、おれたちもわかったんだ」

「そうなので」

「あんたが釣ってるところを見たから」

「そうでしたか」

「しかも、よく見たら、そこにあるんだよな」

壁に貼った品書きのなかに、ちゃんと〈蛙煮丼〉があった。かなり煤けているので、前からあった品書きなのだろう。

しかも、こっちの値段は五十文。ほとんど玉子の料金だろう。

同じものでも、秘密めかすと値は三倍になるのだった。

あるじはその品書きを剥いで、

「これはもう終わりだ。あれも始末しておけ」

と、女将に言った。

「余裕で商売がやれそうだけど、けっこうあざといことをするんだな」

魚之進はあるじに言った。

「花見のときは馬鹿みたいに混み合うので、真面目に食っていく分くらいは稼げるんですが、やっぱり男ってのは遊びたいじゃないですか」

「…………」

金がかかる遊びだけじゃないだろうと言いたい。

「その遊び代を稼ごうと思いましてね」

と、調理場にいる女将のほうを窺いながら、あるじは小声で言った。

「どこから思いついたんだ？」

「婆さんと娘が遊んでいるのを見て、ふっと思いついたんです」

「お玉ちゃんとお鶴さんだからな」

「ご存じでしたか？」

「もしかしてと思って、近所の人に聞いたのさ」

「そうですか。それで、鶴の肉と玉子をからめたら、うちじゃ婆子丼になるなと。でも、鶴の肉なんか食えるはずがねえ。逆に、そこを秘密めかすと、ほかの肉を鶴の肉と思い込むのじゃないかってね」

「なるほど」

「それで、うちには北の渡来さまが始終来てますから、ますますハラハラするわけですよ。そういう思いを味わえば、他人にもいっぱいしゃべってもらえる。すると、話題になって客はどんどん来てくれると。ま、当てにしたほどは来なかったけど、それでもいちおう儲けさせてもらいました」

あるじは素直な口振りで言った。

魚之進はさりげなく十手を取り出し、それで肩のあたりを軽く叩いた。先輩同心である赤塚専十郎がよくやるしぐさである。

これはやはり、町人たちに睨みを利かせることになるらしく、

「やっぱりお咎めになりますか？」

あるじは泣きそうな顔になって訊いた。

「厳しく見れば、詐欺と言ってもいいよな」

「………」

「だが、商売のため、頓智を利かせただけと言えなくもない」

「そっちでお願いしますよ」

と、手を合わせた。

魚之進も、むやみに罪人を増やすのは気が進まない。

「それに、ここにはもう渡来さんは来ないぜ」

「え？　どうしてです？」

「八丁堀からいなくなったのさ」

「そうなんですか」

「あんたのことを頭のいい男だって」

「え？」

「おれをうまく利用したって」

「…………」

「今度は見逃すから、正直な商売をしてくれよ」

「ありがとうございます」

土下座までしそうにするので、魚之進は慌てて踵を返し、かわぞいから外に出たのだった。

十

奉行所にもどると、机の上に頼んでおいた例繰方の文書が届いていた。奉行所の捕物帳にある毒殺の例の写しができたのだ。

これを読み、医者の佐野洋斎をもう一度、訪ねるつもりである。

それで、毒物に関するだいたいのことは摑めるのではないか。

さっそく文書に目を通そうとしたとき、

「月浦、ちょっと来い」

安西から声がかかった。

「は？」

「またお奉行の私邸に参るぞ」

「え、なんでしょう？」

「どうも、お城からの使いのようだがな」

今日からはもう一人で行けと、安西に言われ、不安に思いつつ、奉行所の裏手にある奉行の私邸に向かった。

「こちらは、お城で御膳奉行をなさっている松武欽四郎どのだ」

「お初にお目にかかります」

両手をつき、深々とお辞儀をして、目を上げると、顔を見るのにのけぞらなければならなかった。相手も座っているのにである。視界全体が、この人の身体でふさがった。全体像を見極めるため、少し後ずさりしなければならなかった。

「松武どのは、事前にいろいろ相談したいということで参られたのだ」

筒井がそう言うと、

「お城には御膳奉行が五人ほどいて、そのうち二人はおもに毒見を担当していてな、わしもその一人だ」

松武はそう言ったらしいが、頭上で割れ鐘を叩かれたようで、よく聞き取れなかった。

「ははあ」

「これはふつう鬼役と呼ばれている」

「鬼役？」

まさに、その名称にぴったりの人材ではないか。そういえば、浅草寺の門のわきに、この人に似た怪物がいる。

「鬼を払うからだとか、鬼のような男でないとやれぬからだとか、謂れについては諸説あるらしいが、なにせ昔から言われていることでな」

「はい」

こんな人に毒見役をやらせては駄目だろう。毒を大盛りにして、おかわりさせても死にそうもない。

わずかの毒でもぱたりと死ぬような、小鳥のように身体が弱い男を毒見役にすべきではないか。

「それで、そなたも聞いたと思うが、上さまのお食事に毒を入れようという計画があるらしい」

「伺いました」

「だが、わしらはいままで、ただ試食をするばかりで、どういう毒があるかということについてはほとんど無知のままだった。しかし、もはやそんなことは言っていられない。幸い食いものにまつわる悪事について詳しいというそなたが来てくれるとのこと。そこで、あらかじめ教えを乞うておきたいと思ってな」

「…………」

毒見役がこんなことで、本当に大丈夫なのだろうか。なまじ鬼役などという言葉があるために、こういう将軍よりも、寺の門を守ったほうがいいような人を選んでしまうのではないか。

「まずは、どんな毒があるかについて教えてもらいたい」

と、筆と手帖を出した。

「いや、わたしもいま、いろいろ調べている最中でして、お城に伺うときまでには、ある程度のことまでお話しできるようにしておきますので」

「さようか。頼むぞ」

いかにもすがるような目で魚之進を見ると、お奉行に礼を言い、退去して行った。

「お城の毒見役があれでは、いままでご無事だったのが不思議なくらいだな」

「はい」

「そなたにも、大変な仕事を押しつけてしまった。だが、なんとか頼むぞ」

筒井は申し訳なさそうに言った。

第四話　歯型豆腐

一

朝、いつものように同心部屋に入った魚之進だったが、なんとなく妙な感じがしていることに気づいた。

――また、なにか忘れ物をしたのか？

と、不安になった。

忘れ物が多いのである。忘れ物は、ほんとに忘れていた場合と、ついうっかりしていた場合と、なんとなくぼんやりしていた場合と、ほぼ三つに大別できる。

ひどいときは、朝飯を食うのを忘れて来てしまったり、刀を差し忘れて来たりする。飯は我慢するしかなかったが、刀はまずいので奉行所内の道場から木刀を借りてきて、それを風呂敷で包んで、どうにか恰好をつけた。

今日は、朝飯も食べたし、刀も差している。

家に持ち帰った書類も持って来ている。

――なんだ？

と、腕組みしたとき、隣の席から、

「よう。魚之進」

と、声をかけられた。

「え？　あれ？」

隣にいるのは、赤塚専十郎ではないか。

赤塚は、斜め前にいるではないか。

赤塚の席にいたのは、吟味方同心の十貫寺隼人だった。

「今日から定町回りになったんだ。よろしくな」

「あ、そういえば……」

年配の臨時回り同心が隠居することになったため、急遽、欠員の補充や配置替えなどがあると聞いていた。だが、十貫寺隼人が来るとは思わなかった。

「活躍はぜんぶ知ってるぞ」

十貫寺は爽やかな笑顔とともに、魚之進の肩を叩いた。

ずっと前から、亡き兄の好敵手と言われてきた男である。

波之進が武士らしい美男なら、十貫寺隼人は、公家のような美男と言えた。もっとも、魚之進は公家という人を見たことはないが、そういう評判になるほどと思っていた。なにせ高貴な感じが漂う。

それは、あまり濃くはない眉のせいか、高い鼻梁のせいか、穏やかな話しぶりのせいか、おそらくそれらが一体になったものだろう。

なんだかいい匂いもする。まさかお香でも焚きしめているのか、そばにいるとふっと匂うのである。あれ？　と思って嗅ぐと、匂いは消えている。そんなことが何度かあった。

美貌だけではない。剣の腕も競い、学問でも競い合った。

女からの人気も拮抗した。

それでいて、波之進と十貫寺の仲は悪くなかった。互いに意識し合ってはいたらしいが、それで敵愾心を持つようなことはなかった。周囲からは、お互い認め合っているからだと言われた。

波之進の調べた件を十貫寺がさらに補足し、難事件をいくつも処理してきたという。南の黄金街道とも言われた。

もちろん、波之進の葬儀にも来てくれて、魚之進にもやさしい言葉をかけてくれたものだった。

「十貫寺さんが外回りになったんですか？」

魚之進は意外そうに訊いた。

切れ過ぎる頭は、くだらぬ付き合いも多い外回りよりは、吟味方のほうが合っているという評判だったのだ。

「おれが希望したのさ」

「そうなんですか」

「むしろ、ずっと前から外回りをやりたかった。波之進を羨んでいたくらいだ」

「それは知りませんでした」

「波之進が味見方なんて新しい部署に回ったときは驚いたけどな」

「はあ」

「なにかしくじって左遷されたかと思ったが、それはやつらの陰謀だったわけだ」

「そうだったみたいです」

「舐めたよな、波之進を」

「ええ」

「見た目がいいと、見くびられることも多いんだ。波之進とおれは、子どものころからよく愚痴り合ったものだよ」

「へえ」

それは魚之進も知らなかった。

だが、まるで本田伝八と自分のようではないか。ただし、あっちは美貌に悩み、魚之進たちは真逆のことで悩んだ。

「よろしく頼むぜ」

もう一度、肩を叩かれた。

二

昨日、今日と、魚之進と麻次は江戸の目抜き通りを往復した。

昨日は東海道を品川まで、今日は日光街道を千住まで。

通り沿いの店が変なものを食わせていないか、旅人のあいだで問題になっているような食いものはないか。じっさい、魚之進と麻次は自分たちも食べてみながら、実態を調べ歩いた。

千住まで行き、下谷(したや)の車坂町(くるまざかちょう)のところまでもどって来ると——。

行列ができていた。

ざっと百人はいる。しかも、手に手に鍋や丼を持っている。

「なんだ？」

「なんか売ってるみたいですね」

列の先頭を見に行こうとして、目が合った男が慌てて顔を背けた。

「あ」

魚之進は見逃さず、男の真ん前に立った。

「なんだよ。仕事はもう終わったよ。悪いか」

居直った口振りでそう言ったのは、本田伝八である。

「別になにも言ってないぞ。なんの店だ、ここは？」

「豆腐屋だよ」

「へえ。養生所帰りにわざわざここまで来るほどうまいんだ」

「まあな」

だが、並んでいるのを見ると、若い男ばかりである。

しかも、本田伝八とどことなく似ている感じがする。ということは、自分とも似ている。

通りすがりの若い娘の二人づれが、

「馬鹿みたい」

「恥ずかしいよね」

と、列を見て、悪意のこもった目つきをした。

——ん？

なんの列なのか。

「勝手に言わせとくさ」

本田は居直った口ぶりで言った。

すでに前から五番目まで来ていた。

「あと、三十丁だからね。それ以上は、並んでも無駄だよ」

豆腐屋のおやじが怒鳴っている。

買った若い男は、いそいそと鍋を抱えて帰って行く。豆腐であんなに幸せそうになれるものだろうか。

値段が書いてあるのが見えた。

「四半丁四十文（およそ八百円）」

とある。

「四半丁四十文？」

四半丁なら、ふつうは十三文から十五文くらいである。

江戸の豆腐は、一丁が京都や大坂のものよりかなり大きい。ふつうはこれを四分割か六分割して売る。それでも一人では食い切れないくらいである。

豆腐はつくるのに手間ひまかかるので、それくらいするのは仕方がないだろう。

しかも滋養はたっぷりである。

だが、三倍ほどの四十文。

「これは由々しき問題だな」

と、魚之進は言った。

「旦那。歯型豆腐って書いてますぜ」

麻次が別の貼り紙を指差した。

「歯型豆腐？　なんだ、そりゃ？」

本田の順番が来た。

「へい、毎度」

亭主のわきで、若い娘が微笑んでいる。

この娘がまた、豆腐に金粉をまぶしたみたいに、色白で、艶があって、眩（まぶ）しいくらいの美しさである。

本田は嬉しそうに四十文を払った。

入れてもらった豆腐を見ると、端が欠けていた。

「おい、欠けてるぞ」

と、魚之進は本田に言った。

「欠けてるんじゃない。齧ってるんだ。これは歯型だ」

「ねずみの？」

「誰がねずみの齧った豆腐なんか買うか。いただろうが、あそこに」

「あ、あの美人が齧った豆腐なのか。それが、歯型豆腐なのか？」

思わず振り向いた。

客に笑顔を振りまいてはいるが、遠くから見ると、笑っている顔にした人形みたいだった。

「そういうこと」

「ひゃあ。お前、毎度って言われたな？」

「あれは誰にだって言うんだろう。おれはまだ二度目だ」

「どうやって食うんだ？」

「この前は冷ややっこで食った。今日は湯豆腐にする」

「おれも食いに行くからな」

「え？」

本田は焦ったような顔をした。

「歯型のところは食わないよ。だが、この値段は味見方からしたら問題ありだからな。暴利をむさぼっていると言えなくもないぞ」

「そう、固いことを言うなよ」

「おれも、あんまり固いことは言いたくない。だが、いちおう味とか、不潔じゃないかとは確認する」

「わかった。食わずに待ってるよ」

本田とはそこで別れた。

定刻で奉行所を出ると、魚之進は本田伝八の家に向かった。もちろん、麻次は先に帰っている。

母屋には顔を出さず、門をくぐると、例の小屋のほうに入った。

すでに七輪に土鍋がかかって、湯豆腐もできていた。ネギとキノコ、それに出汁を取った昆布が入っている。別にうどんが用意してあるので、最後はこれで茹(ゆ)でて食うつもりだろう。

途中で買って来た酒を差し出し、七輪の前の樽(たる)に座って、

「いつから売ってるんだ、あの豆腐は？」

　と、魚之進は訊いた。

「まだ、ひと月足らずだろう」

「それで、あれだけの行列か」

「たちまち大人気だ。また、あの娘が、おせいちゃんと言って、もともと浅草小町と呼ばれて人気があったんだ。一度、水茶屋に出たんだけど、男ができて辞めたらしい。でも、また、ああやって出てきたってことは、男とは別れたんだろうな」

　本田は、歌舞伎役者の噂をする娘みたいに、訳知り顔で言った。

「へえ」

「その前に、おりんちゃんという子がいて、その子も可愛いんだけど、おせいちゃんが加わってさらに人気が沸騰したみたいだ」

「娘は二人いるのか？」

「うん。今日は一人だけだったけどな」

「なるほど」

「だが、いい思いつきだよ。あの、素っ頓狂な店主がよく思いついたもんだ」

「一日、百丁ほどつくって、それを四等分して、四百人か」

「一人四十文だから……ええと……」

本田は馬鹿馬鹿しくなったらしく、計算をやめた。

だが、一万六千文、三両近い大金になる。

「もともと豆腐屋だったのか？」

「そうだろう。店は新しくないからな」

「あの手の商売は当たると凄いよな」

以前、ちくび飴（あめ）というのが当たった。江戸はなにせ圧倒的に男の数が多いので、こういうので智恵を絞ると馬鹿当たりする。

この先も、また似たような商売は出てくるのだろう。

「どれ、味は？」

魚之進は、豆腐を取って、生姜（しょうが）とかつお節と醬油のたれにつけて食う。

「うん、うまい」

いちおう、ちゃんとした豆腐である。

「歯型のところはおれのものだぞ」

「わかってるよ」

本田は歯型のところを取り、

「いまは取れたけど、買って来たときは、ここにうっすら紅がついてたんだ」

「ほんとか」

「嘘なんか言うものか。うーん。おせいちゃん」

と、だらしない顔をしながら、うまそうに食べた。

「まだまだ売れるだろうな」

魚之進は予想した。

「売れるさ。女の子も増やすだろう」

「たぶんな」

「真似(まね)するやつも出るんじゃないかな」

と、本田は言った。

「出るだろうな」

「だが、豆腐みたいにはやれないだろう」

「いや、そうでもない。歯型大根でもいいし、歯型ちくわもできる。歯型コンニャクなんか、豆腐よりきれいに跡がつくんじゃないのか」

と、魚之進は言った。

「そうだな、コンニャクならやれるか」

本田はうなずき、うどんを入れて茹でた。

これは昆布出汁の出た汁を、醤油だれに混ぜて食うのだ。

茹(ゆ)で上(あ)がったうどんをすすりながら、

「なんか面倒ごとが起きそうだな」

と、魚之進は予感した。

三

それから三日後――。

江戸の桜が満開になっていた。

奉行所帰りの楓(かえで)川沿いに桜の木があり、材木河岸にもところどころあり、これを眺めながら帰る。

越中橋(えっちゅう)の上に立つと、河岸の桜と、桑名(くわな)藩邸内にあって塀の外からも見える桜と、両方を眺めることができる。

あと少しで沈む陽が、斜めに差し、川面も光らせている。夕日の橙色(だいだいいろ)と、桜の薄紅色が溶け合いそうに見えて、夢のなかにいるみたいである。

魚之進は毎年、こうした光景を見るたび、春の到来よりも、春が行ってしまうことを考える。ほかの季節は、到来したり、終わったりするが、春のように駆け去って行く感じにはならない。

それはすなわち、自分の若さが、ひいては自分の人生が、たちまち駆け去って行くことへの哀惜の思いにつながるのだ。

だから俳諧でも、

「行く春」

が、しばしば詠まれるのだろう。大好きな与謝蕪村も、「行く春」でいくつも詠んでいる。

ゆく春や同車の君のささめごと
行く春や重たき琵琶(びわ)の抱きごころ

蕪村の句は、なんだか艶っぽい。去って行く春は、物憂いだけでなく、男女の秘めごとも繰り広げる。じつに羨ましい。

魚之進は、お静のことを考える。思い出さずにはいられない。いまごろは、満開の桜を眺めているだろうか。実家の豆問屋の〈大粒屋〉では、毎年、花見のころに、お濠沿いの呉服橋御門前にある料理屋の二階を借り切り、あるじの家族だけでなく、番頭、手代、小僧たち皆で、花見をするのを恒例にしていた。一昨年は、波之進だけでなく父や魚之進も呼ばれて、夕暮れから夜桜までたっぷり堪能させてもらった。いかにも通一丁目の大店の花見らしく、贅沢で賑やかなものだった。

去年は、波之進が亡くなって日が浅かったこともあり、父と魚之進は遠慮をしたが、お静だけは半刻ほど気晴らしにと行ってもらったものだった。

今年の花見には、もちろんお静も加わっていることだろう。せめてお静が見ている光景を、自分も見に行ってみようか——そう思ったが、あまりにもみじめ過ぎるとそれはやめにした。

——行く春や、行く春や……。

せめて一句と考えるが、なかなか浮かばない。行く春やお静の声も聞かぬ間に。

「魚之進！」

耳元でいきなり呼ばれて、

「うわっ」

腰が抜けそうになった。

市川一角が立っていた。

「下谷で殺しだ。どうも、味見方にも見てもらったほうがよさそうだ。いまからわしも行く。お前も来てくれ」

「わかりました」

さっそく歩き出した。

「家まで迎えに行くところだったが、こんなところで引っかかっていたとはな」

足早に歩きながら、市川は言った。

「桜に見とれてました」

「うむ。満開だな。まったく、毎年、桜のころに殺しが起きる。人を凶暴にするなにかがあるのかね」

「桜にですか？」

「ないか？」

それはわからない。夜桜の美しさは、物狂おしいほどだが、だからといって凶暴にはならない気がする。

「殺されたのは女ですか？」

満開の桜の下で殺されるのは、男より女のほうがふさわしいかもしれない。

「男だよ。豆腐屋のあるじだ。名前は銀兵衛。歳は三十三、四ってとこらしい」

「まだ若いですね」

「近ごろ、歯型豆腐とかいうのを売り出して、連日、大賑わいだったそうだ」

「歯型豆腐の！」

思わず大声を上げた。

「知ってるのか？」

「三日ほど前に通りかかったんです。凄い売行きでした。きれいな娘が豆腐の端を少し齧ったやつを売っているんです」

「そういう商売してたのか？」

「儲かってましたよ」

「金目当てか？」

「かもしれませんね」

下谷に着いた。

店の戸は閉まったままだが、前は大勢の人だかりである。

奉行所の中間や番屋の者が、野次馬に下がれと言っている。麻次も来ているではないか。帰ることにしたが、知り合いの岡っ引きと話しているうち、この騒ぎが起き、たぶん魚之進も来るだろうと駆けつけて来たのだそうだ。

市川と魚之進は、店の横からなかへ入った。後から麻次もついて来た。

遺体は、土間から上がって、二階へ上がる階段の下に横たわっていた。胸のあたりが血だらけで、魚之進は思わず横を向いた。

市川がしゃがみ込み、

「ふうむ。胸の前から一突きか。けっこう細い刃物みたいだな」

と、傷を見ながら言った。

「それだけですか？」

そんなに簡単に突かれるものだろうか。

「油断してりゃあ、前からだってぶすりとやられるさ。なまじ刀を振り回すよりも、簡単かもしれねえよ」

「なるほど」

いまや検死の達人といわれるくらいの市川一角の見立てである。

「それと、これ」

「え？」

「ちゃんと見ろ、魚之進」

「は、はい」

市川は、銀兵衛の首を指差していった。

「歯型だ」

「ほんとですね」

「がっぷり食いついている」

「ええ」

「どういう状況だったのか。ま、考えてくれ」

と言って、市川は立ち上がった。

「旦那。それ」

麻次が部屋の隅を指差した。

巾着が落ちていた。

「持ってみてください」

「え？」

魚之進は、破裂寸前の餅のようにふくらんだ巾着を持った。手に取ると、ずしりと重い。金の世界に引きずりこまれそうなくらい重い。

「凄いな」

開けると、なかはすべて小判だった。数百両はあるだろう。

そのわきに鍋があり、こっちは銅銭だった。

「金勘定の途中だったんですかね？」

麻次が言った。

「だが、金は奪わなかったのか」

魚之進は首をかしげた。

「遺体は誰が見つけたんだ？」

市川が番屋から来ていたらしい町役人に訊いた。

「客です。いつまで経っても店が開かないので、横の戸を開け、声をかけながら先頭の三人ほどがなかに入って見つけました」

「先頭の客たちは、逃げて行くやつを見てなかったのかな？」

「誰も見てないと言ってました」

「そうか」

市川はうなずき、魚之進を見た。

「売るときに、若い娘もいるよな。その娘は来てなかったのかい？」

魚之進は、町役人に訊いた。

「おせいという娘ですね。来ましたけど、裏口の戸が閉まってるので、外で立って、待っていたみたいです。そのうち、騒ぎになったので、なにが起きたか気づき、真っ青になってたので、いまは番屋で休ませています」

「そうか」

落ち着いたら話を聞かなければならない。

そのときである。殺しの現場にはふさわしくない爽やかな声音がした。

「どうも、市川さん。お疲れさまです。あとはおまかせ願います」

颯爽と入って来たのは、なんと十貫寺隼人ではないか。

縦縞の着物の着流しがこんなに似合う男がいるだろうか。山奥の炭焼き小屋に、青い海風が吹き渡ったような気がした。

「あんたが担当するのかい？」

市川が意外そうに訊いた。

「お奉行からも直に言われましてね。月浦は味見方本来の仕事に専念させたいので、殺しなどはできるだけお前が担当しろと」

「そうなのかい」

市川はうなずき、魚之進の気持ちを気遣うような目でこっちを見た。

「まあ、ざっと現場を見せてもらいます」

十貫寺はそう言って、遺体のようすを確かめ、首の歯型を指で測るようにし、さらに巾着をのぞき、二階へと上がって行った。

いかにも慣れた態度である。遺体などとは旧友との再会みたいだった。

だが、その様子に市川一角は苦笑し、

「ま、張り切っていいところを見せたいんだろう。吟味方とはちっと違うってことは、そのうちわかるだろうがな」

「はあ」

魚之進としては、むしろ十貫寺がやってくれるほうがありがたい。自分は食いもののことだけ担当し、殺しなどの調べは応援に回りたいくらいである。

ところが、十貫寺隼人の動きは驚くほど早かった。この晩の遅くには、下手人を捕縛してしまったのである。

すでに家に帰っていた魚之進だったが、翌朝、奉行所に出てみると、下手人はすでに奉行所の牢にいるというので驚いてしまった。

「誰だったんです？」

魚之進は、隣で涼しい顔で自分で淹れたお茶をすすっている十貫寺隼人に訊いた。

「おせいって娘さ」

「おせい……」

「浅草小町といわれていたんだろ」

「そうみたいです」

「ふつう小町といってもせいぜいは町内の話だよな。だが、おせいは広くて人も多い浅草でもとびきりの美人だった。その美貌に目をつけ、銀兵衛が大金で豆腐の売り子になってもらったらしいな」

「はあ」

「だが、銀兵衛まで目が眩んでちゃしょうがねえ。しつこく口説いたりしてたそうだぜ。それどころか、無理に手籠めにされそうになったもので、思わず持っていた簪で胸を一突きだ」

「はあ」

「血のついた簪は見つかっていねえ。しかも、なによりの証拠は首の歯型だ」

「歯型が？」

「ぴったり一致したぜ」

「なんと」

「それで問い詰めてみたら、俯いて、小さな声でこう言ったぜ。あたしがやったのだと思いますとな」

「………………」

魚之進は信じられない。

銀兵衛を刺したあと、裏口で戸が開くのをずっと待ってたりするだろうか。

十貫寺は、魚之進の思いを察したらしく、

「顔に騙されちゃ駄目だぞ、魚之進。いい女とかいい男は、皆、しらばくれるのもうまいんだぜ」

と、微笑みながら言った。

四

その晩、役宅に思いがけなく、うなぎのおのぶが訪ねて来た。

声がして、まず出て行ったのは壮右衛門で、居間にもどって来ると、

「あの娘は、去年、ここに来ていた娘だよな？」

　と訊き、

「そうだけど」

　と魚之進が答えると、なにが起きたかわからないといったように、

「おれはもう寝る」

　と、自分の部屋に下がって行った。

　おのぶには上がるように勧めたが、玄関口でいいと断わり、

「おせいちゃんが人殺しの罪でお縄になったんだけど」

　と、憤懣(ふんまん)をにじませて言った。

「知ってたの？」

「友だちの妹なの。あの子は、穏やかな人柄で、子どものときから怒った顔も見たことないんですよ。それが人殺しなんてできるわけないよ」

「うん、まあな」

　魚之進もおせいが下手人だとは思っていない。十貫寺はなにか早とちりをしたのだと思っている。

「魚之進さんもそう思う？」

「うん」

じつは、遺体を見たとき、なにか変な感じはしていたのだ。

それがなんなのかは、はっきり言えない。

「だったら、調べ直して」

「担当がおいらじゃないんだけど」

「担当が違うと、濡れ衣も見て見ぬふり？」

「いやいや、そんなことはしないよ。うん、わかった。調べ直してみる」

「ありがとう。それじゃ」

「もう、遅いよ」

「遅い？　だから？」

おのぶは不思議そうに訊いた。

「いやいや、一人で来たなら危ないから」

「大丈夫。夜桜見物の人がいっぱい出てるから」

「うん、そうだな」

しかも、おのぶは柔術と薙刀の免許皆伝だった。

翌日──。

麻次に会うと、

「十貫寺さんには内緒で、あの一件を調べ直すことにしたんだ」

「あっしもたぶんそうすると思ってました」

「麻次もそう思ったかい？」

「ええ。半日で解決できるほど、悪事も世のなかも甘くはありませんぜ」

「だよな」

「それで、どうしましょう？」

「まずは、ほかの歯型美人に会ってみたいんだ。おせいの前から、おりんという娘が歯型をつけていたらしいぜ」

「なるほど」

下谷に行き、豆腐屋の近所の若い男に訊くと、その娘のことはすぐにわかった。住まいも近くで、幡随院の門前町の長屋で、仏具職人の娘だということだった。

訪ねると、おりんは長屋の路地でおむつの洗濯をしているところだった。背中には赤ん坊がいた。

「豆腐屋の銀兵衛のことで訊きたいんだけどな」

と言うと、

「ここじゃまずいから、幡随院の境内で」

と囁かれた。

先に行って待っていると、おりんは赤ん坊を背負ったまま、すぐにやって来た。

「赤ん坊はあんたの子かい？」

魚之進は訊いた。

「そうなんですけど、銀兵衛には独り身ってことにしてたから」

と、笑った。

「あんた、いくつ？」

「十七ですけど」

「鉄漿もしてないよな？」

「いっしょに住む前に、逃げられたんですよ。おなかに子どもを残して」

「そりゃあ大変だったたな」

「いちおう、嫁入り前の娘ってことで世のなか渡ってるんで」

「長屋の人も知らないのか？」

「長屋の連中は、子どもがいるのは知ってますが、嫁入り前の娘ということで働いてることは知らないんですよ」

「そういうことか」

魚之進は納得した。女手一つで子どもを育てていくには、いろんな手練手管が必要なのだろう。ただ、あの長屋を客が教えてくれたほどだから、知っているやつもずいぶんいるに違いない。

「銀兵衛が殺されたのは知ってるよな」

「ええ。あの日、遅れて店に行ったら、すでに大騒ぎになってましたから。関わり合いになりたくないんで、そのまま帰って来ちゃいましたよ」

「それで、下手人としておせいが捕縛されたんだ」

「そうらしいですね」

「おせいは銀兵衛を恨んでたのか？」

「どうですかねえ。でも、あの娘は、あたしよりはいい目を見させてもらっているはずですよ」

「そうなの？」

「ここんとこ、あたしなんか、店に来ても来なくてもいいみたいな感じでしたからね。まったく、誰が最初にあの豆腐の人気をつくったか、考えてもらいたかったですよ。そりゃあ、おせいちゃんが来てから、客がどっと増えたのは確かですけどね。でも、あたしとおせいちゃんじゃ、礼金は三倍も違うんですよ」

「なるほど」

おりんは銀兵衛に対し、不満たらたらだったらしい。となれば、おりんも銀兵衛を殺す理由がある。

麻次も同じことを考えたらしく、

「おめえ、店に遅れて行ったのはなんで遅れたんだ?」

と、わきから訊いた。

「絵師の一勇斎(いちゆうさい)先生から美人画を描くので、顔を写させてくれって頼まれて、先生の家にいたんですよ」

「ああ、一勇斎先生か」

魚之進も面識がある。あそこは弟子も大勢いるので、嘘はつけない。

しかも、おりんは八重歯があり、歯型が違っている。

歯型といえば、疑問が浮かんだ。

「じつはおいらも歯型豆腐は食べたことあるんだけど、ずいぶん売れてたから、歯型をつけるのも大変だったたろう?」

「まあね」

「疲れたかい？」

「でも、あたし、じっさいに齧ったのはせいぜい十か二十くらいですから」

「え？」

「疲れるし、しかも齧ったほうのやつは別の器に吐き出して、そっちはそっちでお得意さまに売るんです。値段なんか、ほとんど十倍ですよ」

「そうなの」

「なんか嫌ですよね。自分の食べかけだの、吐き出したやつを他人が食べてるなんて」

おりんはそう言って、魚之進をゲロまで食べてるカラスを見るような目で見たので、

「あ、おいらは友だちのところで食って、歯型のところは友だちが食ったんだよ」

と、焦って弁解した。

それから気を取り直し、

「じゃあ、あんたは自分が嚙んだような顔で、店の前でにこにこしてただけ？」

「まあね」

「ほかの豆腐の歯型はどうしてたんだよ？」

「さあ」

「ほかはぜんぶおせいが？」

「でも、おせいちゃんが加わったのは十日ほど前からですよ」

「そうか」

「銀兵衛が自分で噛んでたんじゃないですか？」

「自分で？」

「あの人も八重歯があるんですよ」

「あ、そうなの？」

口のなかまでは見ていない。いや、口のなかどころか、耳の穴も、脇の下も、足の指も見ていない。見ろと言われた首の歯型をちらりと見ただけ。

「そもそも、あたしを口説いたのは八重歯が可愛いからだって言ってましたよ」

「八重歯が？」

最初から自分が替わりをやれると踏んだのではないか。

「でも、おせいは八重歯なんかないよな？」

「なかったですね」

「おせいの分はどうしたんだろう？」

「知りませんよ、そんなこと」

どういうことだろう。

やはり、おせいにも直接いろいろ訊いてみたい。

五

魚之進は、奉行所の牢屋につづく廊下のところを、何度も行ったり来たりしていた。見張りの中間が、どうしたのだろう？　という顔で、こっちを見た。

同心が、牢にいる下手人と思しき者に会うのは、なんの不思議もないのだが、十貫寺のことを考えると、ついこそこそしてしまうのだ。

ついに意を決して、

「ちと話が……」

と、中間の前を通った。後ろ手に鍋を持っていて、それを中間が怪訝そうに見たのはわかった。

おせいは、西陽が当たるあたりに正座して、うなだれていた。

「おせいちゃん」

声をかけると顔を上げた。

きれいな顔だが、さすがに憔悴(しょうすい)している。憔悴すると、どんな美人も、溌剌(はつらつ)としたお多福に敵(かな)わない。

「訊きたいことがあるんだ」

と言うと、おせいはふいに牢の枠にしがみつき、

「あたし、殺してなんかいませんよ」

と、言った。

「おのぶちゃんもそう言ってたよ」

魚之進は、ねずみに語りかけるような、静かな声で言った。

「おのぶちゃん？」

「あんたの姉さんの友だちの」

「絵の上手な？」

「そう。そのおのぶちゃんが、あんたは子どものころから怒ったりしたことなかったって。殺しなんかやるはずないって」

「はい」

「でも、殺したかもしれないって言ったんだろ？　なんで、そんなこと言ったんだい？」

「あの同心さまに訊かれるうち、なんか、そんな気がしてしまって」

「気がして？」

「あたしって、やさしげに見える人に弱いんですよね。それに、同情されると、どんどん気を許していって、あのときも、やったのかな？　って思ってしまったんです。以前もそういうので、男に騙されたりしたのに」

　おせいは、哀しげに身をよじった。

「そうかあ」

「銀兵衛さんに始終、言い寄られて、嫌な思いをしていたのは本当なんです。無理に口吸いまでされたこともありました。もう、辞めたかったんですが、辞めさせてもらえなくて。だから、憎み始めていたのは本当なんですが……」

「銀兵衛の首についていた歯型が、あんたと同じだったそうだね？」

「そうらしいです」

「あんたも豆腐に歯型をつけてたよな？」

「ええ」

「毎日、いくつくらい？」

「そんなにいっぱいはできませんよ。せいぜい十個くらい」

「やっぱり、そうか。じつは、これを持って来たんだけどさ」

と、持って来た豆腐を見せ、

「どうやって嚙んだのか、ちょっとやってもらえないかい？」

「はあ」

おせいは牢の枠のあいだから手を出して、鍋の豆腐を取り、

「こうやって」

と、嚙んでから、戻して寄こした。口に残った豆腐も吐き出し、鍋のなかに入れた。

これを本田に持って行ったら喜ぶかと、ちらりと思ってしまった。

魚之進は豆腐についた跡を見て、

「先のほうだけだね？」

と、訊いた。

「そんなに深くは嚙めるもんじゃないですよ」

「だよな」

だが、本田が食べた豆腐の歯型は、もっと深々とがっぷり食いついていた。

「おりんは、あんなにいっぱい豆腐を嚙んじゃいない。ほかは自分で嚙んでたんじゃないかって言ってたよ」

「ああ、そうかも」

「でも、おせいちゃんは八重歯じゃないよな。きれいな歯並びだ」

「どうも」

「とすると、銀兵衛は八重歯だから、おせいちゃんの替わりはやれなかったはずだぞ」

「はあ」

「どうやったんだろう？」

「…………」

訊かれてもおせいは、きょとんとしている。

「もう少し辛抱してくれ。必ず誤解を解いてあげるから」

魚之進は慰め、それから牢を離れた。

六

魚之進が奉行所の外に出ると、麻次が待っていて、

「どうでした？」

と、訊いた。

「うん。これがおせいの嚙んだ豆腐だ」

鍋のなかをのぞかせた。

「ははあ」

「浅いだろ。おいらは最初に銀兵衛の遺体を見たときも、それが疑問だった。やけに大きな口を開け、深々と嚙んだような跡だったんだ。よほど口を大きく開けないと、あんなには嚙めないぞ」

「たしかに」

「おせいがそんな大口は開けないよ」

本田伝八のところで見た豆腐も、けっこう深々と嚙まれていた。あれも、おせいの歯型じゃなかった。でも、本田は喜んで食っていた。

魚之進は、つい噴き出したくなったのを我慢した。

「じゃあ、あの首の嚙み跡は？」

と、麻次が訊いた。

魚之進は閃いた。

「そうか。入れ歯を使ったんだ！」

「入れ歯？」

「うん。あれなら深々と嚙みつかせることができる。しかも、いくら齧っても疲れない。自分で、豆腐の端を入れ歯でかっちんかっちんと嚙ませてたんだ」

「なるほど」

「でも、殺しの現場には入れ歯なんかなかったよな？」

「そうでしたっけ」

麻次も、入れ歯のことなどには気が回らなかったのだろう。

「と思う。もう一度、見に行くか」

「ええ」

豆腐屋はそのままになっているはずである。

いったん奉行所に戻り、封印した紙を破る許可をもらい、代わりの紙を預かってから、下谷の銀兵衛の豆腐屋に向かった。

戸に貼ってあった紙を破いてなかに入った。

暗いので、板戸を一枚外して家のなかを見回した。

金の入った巾着などは、奉行所が預かっている。つくりかけだった豆腐はすべて処分してある。

一人住まいだったので荷物は少ない。

豆腐をつくっていたあたりを丁寧に見るが、やはり入れ歯なんかない。

するとそこへ、

「なに調べてるんだ？」

と現われたのは、なんと十貫寺隼人だった。

「あ、あ、その、豆腐のことでちょっと」

思わずへどもどして言った。

「ふうん」

「あ、十貫寺さんの調べの邪魔をしようとは思っていませんから」

と、魚之進は慌てて弁解した。

「だが、おせいとも会ったそうじゃねえか？」

「え、まあ」

中間に口止めしておけばよかった。

だが、ちらりと見る分には、十貫寺はそれほど怒っているふうでもない。

「じつはおせいが、あたしはやっぱりやってませんと言い出してな」

「………………」

「月浦、なんか吹き込んだか？」

「いいえ」

両手を溺れたアヒルみたいにばたばたさせた。

「決めつけちゃいけねえよな」

と、十貫寺は言った。

「そ、そうです」

「だが、歯型は動かぬ証拠だろうが？」

「あ、でも、おいらは、あの歯型がやけに深々と嚙んでるんで、変だと思ったんですが」

「深々と？」

「口、小さいですよね、おせい」

「叫ぼうとしたところで首がくっついたんで、そのまま嚙んだんじゃねえのか？」

「…………」

なるほど、そういう状況も考えられなくはない。

「まあ、いい。月浦は月浦でやってみな」

十貫寺は、魚之進の肩を叩いていなくなった。

七

「ふう、焦ったなあ」

と、魚之進はため息をついた。

「そうですよね。ここへは、なにしに来たんでしょう？」

「おいらたちの動きを気にしてたみたいだな」

「そうでしょう」

「十貫寺さんが現われたので、入れ歯のことが中途半端になったけど、入れ歯って誰がつくるんだ？」

「口中医とか、入れ歯師とかですよね。有名なのでは、通一丁目に小野玄入って口中医で入れ歯師がいますよね」

「ああ。おいらも湯屋で引札を見たことがあるよ」

同心になってから、湯屋の壁に貼られたさまざまな引札には、ちゃんと目を通すようにしている。薬の引札が多いが、食いもの屋の引札などから、世のなかの流行りも窺えたりする。

小野玄入の店の前は、始終、通っている。歯磨き粉も売っていて、客が大勢並んでいた。まさか、あんな有名なところで頼んだのか？

「値が張るらしいですね」

と、麻次は言った。

「入れ歯が？」

「ええ。大金持ちじゃないと、つくれないとは聞いたことがあります。『南総里見八犬伝』で有名な曲亭馬琴は総入れ歯だそうですが」

「へえ」

「いくら豆腐が売れても、そのために入れ歯をつくってちゃ、引き合わない気がしますぜ」

「だよな。それに、豆腐屋と入れ歯師というのも妙な組み合わせだよな」

「豆腐なんか食うのに入れ歯は要りませんしね」

「まったくだ」

だが、何百ものとうふに歯型をつけようとしたら、やはり入れ歯があったほうがいいのではないか。

「もう一度、おりんのところへ行ってみようか」

というので、幡随院の門前町へ——。


「どうも入れ歯を使ったんじゃないかと思うんだよ。あんたの替わりは銀兵衛がやれても、おせいの替わりはできないだろう」

「え？」

背中で赤ん坊が泣くので、おりんは聞き取れなかったらしく、魚之進はもう一度、同じことを言った。

麻次に頼み、近くで玩具（おもちゃ）を買って来てもらうことにした。

「入れ歯ねえ。はい、はい。そういえば、おせいは、この仕事を始めるとき、粘土みたいなものを嚙まされたって言ってましたよ」

「粘土？」

「歯型を取ったんじゃないですか」

「なるほど」

「それで、入れ歯師のなんたらという人が、銀兵衛を訪ねて来たことがありました」

「そうか。名前は憶えてないかい？」

「さあ。ちょうなんたら？　頭は坊主にしてるんですが、後ろをひとつかみ分くらい伸ばしてました」

「変な頭だな？」

「あんな頭、見たことないですよ」

「前から知り合いだったのかね？」

「どうなんですかねえ」

「豆腐屋と入れ歯師って結びつかないんだよ」

「そうですね」

「銀兵衛って昔から豆腐屋だったのかね」

「でしょ。親も豆腐屋だったって聞いたことあります。それで、お寺とかに豆腐を納める真面目な豆腐屋だったたって」

「お寺に？」

「寛永寺の塔頭（たっちゅう）に霊照院（れいしょういん）ってところがあるんですが、そこにも納めてたって自慢してましたよ」

「へえ」

「そこに墓でもあるのかな？」

「そうかもしれませんね」

麻次がでんでん太鼓を買って来て、赤ん坊の前で振ってやると、ますます泣き声がひどくなった。

「おしめですよ。おしめ、いま、替えてやるからね」

おりんがそう言った。

だったら、早くそうしてもらいたかった。魚之進の耳には、泣き声が焼き付いたみたいになっていた。

八

その霊照院にやって来た。

菩提寺（ぼだいじ）だったりすると、和尚（おしょう）にいろいろ相談していたりするかもしれない。

ここは寛永寺の数ある塔頭のなかでも大きいほうではないか。境内もかなり広々としている。桜の木も多く、すでに散り始めている。上野の花見というと、もっぱら黒門（くろもん）から入って、不忍池（しのばずのいけ）を見下ろすあたりに人が集まるが、崖を埋める東側の桜の光景も見ごたえがあった。とくに上のほうから桜の花びらが降ってくる光景には思わず見とれたほどだった。

ここはもちろん寺社方の管轄である。

町方が動くと角が立つので、麻次に訊き込んでもらうことにした。

そのあいだ、魚之進は門の近くに立ち、桜を見ながら発句でもひねっていると、なにやら不謹慎な句ができてしまった。

　　満開の桜葬儀を祝うよう

「聞いてきましたぜ」

と、麻次がもどって来た。

「なにかわかったかい？」

「豆腐屋の銀兵衛は出入りしていたが、半月ほど前に、急にほかの豆腐屋にしてくれと言ってきたそうです。なんでも、豆腐が売れ過ぎて、うちの安い注文には応じられないと言ったそうで、坊さんは怒ってましたよ」

「墓は？」

「あれのおやじの代から頼んでいましたが、ここの檀家ではないそうです。近くだったからだろうと言ってました」

「そうか」

「入れ歯師のことは、なにも知りませんでした」

もしかしたら、同じ檀家同士とか期待したのだが、まるで違ったらしい。

「ううむ。あとは、入れ歯師を手当たり次第、探すしかないか」

そう言ったとき、門の外から、仏さまが運ばれてきた。本当の仏さまと言うと変だが、遺体のほうではなく、目には見えないはずの仏さまである。輿のようなものに身の丈三尺ほどの木彫りの仏像が載っている。たぶん、阿弥陀さまかお釈迦さまのどちらかだろう。それを二人の男が運んで来て、本堂の横から若い坊主たちに渡していた。

仏師たちが新しく彫った仏さまを納入に来たらしい。

その仏さまが、魚之進に閃きを与えた。

境内で一服つけようとしていた仏師たちのところに近づき、

「仏さまをつくれるような人は、入れ歯なんかも簡単につくれるんでしょうね？」

と、訊いた。

入れ歯も黄楊（つげ）などの硬い木を台にして、象牙（ぞうげ）などでつくった歯を組み込むと聞いている。そうした細工も、仏像の手や目などもつくることができれば、難しくはないだろうと思ったのだ。

「ああ。入れ歯師は仏師からなるやつが多いよ」

「そうなので？」

それは意外な答えだった。仏師と入れ歯師がそこまで密接とは知らなかった。

「もっとも、仏師として一人前になれなかったからなるんだけどな」

「入れ歯師でちょうなんとかいって、坊主頭でここだけ伸ばして……」

「ああ、超春（ちょうしゅん）だろう。うちの工房にいた男だ。あいつも仏師を辞めて入れ歯師になっちまったんだ」

「知ってるんですか？」

「ここの巌光さまがあいつのことを買っていて、入れ歯師になると言ったら、もの凄く怒っていたよ」

「怒った？　巌光さまはどうしてます？」

「亡くなったよ」

「え？」

「そこの井戸に落ちたらしいぞ」

と、仏師がここからも見えている井戸を指差した。

「そうなんですか？」

「巌光さまは、凄く頭の大きな方で、頭が重すぎて落ちてしまったとかいう噂もあったほどだよ」

「そこで亡くなったんですか……」

指差した井戸の近くには、漬け物樽がいくつか積み上げられ、臼や七輪なども置いてある。

井戸は寺の台所のすぐそばでもあった。

九

霊照院から出て歩きながら、

「銀兵衛は現場を見たんじゃないか？」

と、魚之進は麻次に言った。

「現場ですか？」

「超春が、巌光和尚を井戸に落としたところをだよ」

「なるほど」

麻次は口を開け、それから両手をぱしりと叩いた。

「それで入れ歯師になった超春を脅すようになった。あんまりしつこく脅されるもので、ついに超春は銀兵衛を殺した」

「歯型とかは？」

「あいつが娘たちに嫌がられているのは知っていたんだろうな。だから、簪みたいな細い刃物で刺し、さらに歯型をつけたんだ。細い刃物などは、木の細工をしたりするのに使うだろう」

「でしょうね」

「もしも入れ歯が置きっぱなしになっていたら、逆に入れ歯師なんか疑ったりはしなかっただろうけどな」

「意外な結びつきですからね」

「だが、証拠がないよな」

「なあに、必ず尻尾を出しますよ」

「そうだな。とりあえず、入れ歯師の超春を見張ることにしよう」

仏師に訊いたところでは、まだこの近くに住んでいるはずだという。

しらみつぶしに番屋とかを訊いて回るのも手だが、できるだけ早く、無実のおせいを牢から出してやりたい。

「湯屋の引札を見てみるか？」

「それは面白いですね」

三軒目の下谷山崎町(やまざきちょう)の湯屋だった。

「入れ歯の御用うけたまわります　超春　山崎町一丁目太兵衛(たへえ)長屋」

と書かれた引札を見つけた。

太兵衛長屋は、日当たりのいいこぎれいな長屋だった。家賃も安くはないはずである。

「儲かっているみたいだな」

「ええ。甘い食いものが増えて、虫歯で歯が無くなる年寄りが増えてるって聞きますからね」

　超春は、おりんが言ったように変わった頭をしているのですぐにわかった。歳は三十前後くらいだろう。

　体格は悪くない。腕などは、船頭並みに太い。仏師のころから木を彫っていたから、腕も逞しくなったのだろう。あれなら、刃物さえあれば、小柄な銀兵衛を刺し殺すのは難しくなかったはずである。

　夜、酒を飲みに出たところをつけてみた。

　酔っても誰と話すわけではない。一人、黙々と飲む。どこかびくびくした感じもあるのは、二人も殺した罪に怯えているのかもしれない。

「問い詰めたら白状するかな？」

「どうでしょうね」

「おれたちも脅すか？」

「どうやって？」

「うん」

魚之進は戯作者にでもなったつもりで智恵をしぼった。

翌日の夜も、入れ歯師の超春は外の飲み屋でかなりの量を引っかけてから長屋に戻って来た。どうも毎日らしい。酔わないと眠れないのだろう。

腰高障子を開けようとしたとき、長屋の井戸のほうに超春の目がいった。

「え？」

井戸から頭の大きなお化けが出た。

じつはハリボテである。暗い夜で、しかも相手が酔っていないと通じる手段ではない。だが、超春は見事に引っかかったらしく、

「ま、まさか巌光さま」

腰を抜かしそうになって後じさりした。

「なぜだ、なぜだ？」

苦しげに訊いた。声は、厠の陰で麻次が出している。

「わ、わ、わたしは、もちろん巌光さまを殺そうとしたわけじゃありませんよ。わたしを叱って叩こうとなさったから、思わず身を避けただけで」

「なぜだ、なぜだ？」

「そしたら、それを銀兵衛が見ていたんです。あの野郎、わたしを脅したんです。殺したんだって。黙っていて欲しかったら、この貧乏な豆腐屋をなんとかしろって。だから、わたしは歯型豆腐の案を考えてやったんですよ」

そういうことだった。

どうりで銀兵衛にしては、洒落たことを考えたわけである。

「超春。いまの話は聞いたぞ。聞いた者も大勢いる。もう、ごまかしようはない」

そう言いながら、魚之進は姿を見せた。

魚之進の後ろには、市川一角と麻次、それに長屋の大家にも来てもらっていた。

「あ」

超春は、膝から崩れ落ち、泣きながら頭を抱え込んだ。

翌日――。

奉行所に出ると、十貫寺隼人が隣の席からじいっと魚之進を見つめているのがわかった。恨まれているのか。恐くて目を合わせることができない。

身を堅くしてじっとしているしかない。

「魚之進」

「はい」

やっと十貫寺を見た。

笑っていた。美男だけあって、いい笑顔だった。

「やるじゃないか」

「どうも」

「さすがに波之進の弟だ」

「いえ」

「だが、おれは波之進に負ける気はまったくしなかったぞ」

「…………」

「今後もよろしくな」

そう言ってもう一度、正月の飾り物にでもしたいくらいの、白く輝く歯並びを見せた。

十

ついに明日、お城に行くことになった。

奉行の筒井和泉守も同行するという。

いちおうちゃんと身支度をして来いと言われた。つまり、同心姿ではなく、裃（かみしも）をつけて来いということである。

だが、家に女手はない。うまく着付けができるのか、魚之進には自信がない。

父に頼み、裃を出してもらい、糊付（のりづ）けする余裕はないので、寝押しをかけることにした。

「ぴしっとならなかったときのため、膠（にかわ）を用意しておくか」

と、父は言った。

「はあ」

そんなことで大丈夫なのかと心配になったとき、誰か訪ねて来た。

魚之進が玄関に出た。

お静が立っていた。

「え？」

なぜ、こんな夜に？　考える間もなく、お静の後ろから大粒屋のあるじで兄の長

右衛門が姿を見せた。

「急なお願いがあって参りました」

「はあ」

「じつは手前どもの店が、何者かの脅迫を受けてまして、家族に危害を加えると脅されております」

「なんと」

「まずはせめて、女子どもだけでも安全なところに避難させようと。それで、お静の場合は、月浦さまの家に匿(かくま)っていただくのがいちばん安心かと。勝手なお願いですが、お静をしばらくのあいだ、こちらで預かっていただくわけには参りませんか」

長右衛門は深々と頭を下げた。

いつの間にか、父の壮右衛門も魚之進のわきに来ていて、

「もちろんだ。遠慮なく、いてくれ」

と、言った。

お静と目が合った。

ふた月ぶりほどになるだろうか。

一日たりとも忘れたことはなかった。お静のいないこの家が、どれほど寂しかっ

たことか。

そのお静が、魚之進を見て恥ずかしげに微笑み、

「よろしくお願いします」

と、言った。

魚之進は一瞬、これがあのときの告白に対する返事だったような気がした。

本書は、講談社文庫のために書き下ろされました。
『潜入　味見方同心㈡　陰膳の宴』は四月刊行予定です。

|著者| 風野真知雄　1951年生まれ。'93年「黒牛と妖怪」で第17回歴史文学賞を受賞してデビュー。主な著書には、「隠密 味見方同心」(講談社文庫・全9巻)、「わるじい慈剣帖」(双葉文庫)、「姫は、三十一」(角川文庫)、「大名やくざ」(幻冬舎時代小説文庫)、「占い同心 鬼堂民斎」(祥伝社文庫)などの文庫書下ろしシリーズのほか、単行本に『卜伝飄々』(文藝春秋)などがある。「耳袋秘帖」シリーズ(文春文庫)で第4回歴史時代作家クラブシリーズ賞を、『沙羅沙羅越え』(KADOKAWA)で第21回中山義秀文学賞を受賞した。「妻は、くノ一」(角川文庫)シリーズは市川染五郎の主演でテレビドラマ化された。本作は味見方同心新シリーズ、「潜入 味見方同心」第1作。

潜入(せんにゅう) 味見方同心(あじみかたどうしん)(一)　恋(こい)のぬるぬる膳(ぜん)

風野真知雄(かぜのまちお)

講談社文庫

定価はカバーに表示してあります

2020年3月13日第1刷発行

発行者――渡瀬昌彦
発行所――株式会社　講談社
東京都文京区音羽2-12-21　〒112-8001
電話　出版　(03) 5395-3510
　　　販売　(03) 5395-5817
　　　業務　(03) 5395-3615

デザイン――菊地信義
本文データ制作―講談社デジタル製作
印刷――――大日本印刷株式会社
製本――――大日本印刷株式会社

Printed in Japan

ISBN978-4-06-519170-5

講談社文庫刊行の辞

二十一世紀の到来を目睫に望みながら、われわれはいま、人類史上かつて例を見ない巨大な転換期をむかえようとしている。

世界も、日本も、激動の予兆に対する期待とおののきを内に蔵して、未知の時代に歩み入ろうとしている。このときにあたり、創業の人野間清治の「ナショナル・エデュケイター」への志を現代に甦らせようと意図して、われわれはここに古今の文芸作品はいうまでもなく、ひろく人文・社会・自然の諸科学から東西の名著を網羅する、新しい綜合文庫の発刊を決意した。

激動の転換期はまた断絶の時代である。われわれは戦後二十五年間の出版文化のありかたへの深い反省をこめて、この断絶の時代にあえて人間的な持続を求めようとする。いたずらに浮薄な商業主義のあだ花を追い求めることなく、長期にわたって良書に生命をあたえようとつとめるところにしか、今後の出版文化の真の繁栄はあり得ないと信じるからである。

同時にわれわれはこの綜合文庫の刊行を通じて、人文・社会・自然の諸科学が、結局人間の学にほかならないことを立証しようと願っている。かつて知識とは、「汝自身を知る」ことにつきていた。現代社会の瑣末な情報の氾濫のなかから、力強い知識の源泉を掘り起し、技術文明のただなかに、生きた人間の姿を復活させること。それこそわれわれの切なる希求である。

われわれは権威に盲従せず、俗流に媚びることなく、渾然一体となって日本の「草の根」をかたちづくる若く新しい世代の人々に、心をこめてこの新しい綜合文庫をおくり届けたい。それは知識の泉であるとともに感受性のふるさとであり、もっとも有機的に組織され、社会に開かれた万人のための大学をめざしている。大方の支援と協力を衷心より切望してやまない。

一九七一年七月

野間省一

つげ義春
つげ義春日記
解説＝松田哲夫

昭和五〇年代、自作漫画が次々と文庫化される一方で、将来への不安、育児の苦労、妻の闘病と自身の不調など悩みと向き合う日々をユーモア漂う文体で綴る名篇。

978-4-06-519067-8
つK1

稲垣足穂
稲垣足穂詩文集
編・解説＝中野嘉一・高橋孝次　年譜＝高橋孝次

前衛詩運動の歴史的視点からイナガキタルホのテクストを「詩」として捉え、編まれた、大正・昭和初期の小品集。詩論・随筆も豊富に収録。

978-4-06-519277-1
いY1

川瀬七緒　フォークロアの鍵
かわぐちかいじ／藤井哲夫 原作　僕はビートルズ 1
かわぐちかいじ／藤井哲夫 原作　僕はビートルズ 2
かわぐちかいじ／藤井哲夫 原作　僕はビートルズ 3
かわぐちかいじ／藤井哲夫 原作　僕はビートルズ 4
かわぐちかいじ／藤井哲夫 原作　僕はビートルズ 5
かわぐちかいじ／藤井哲夫 原作　僕はビートルズ 6
風野真知雄　隠密 味見方同心(一)〈くじらの姿焼き騒動〉
風野真知雄　隠密 味見方同心(二)〈干し卵不思議味〉
風野真知雄　隠密 味見方同心(三)〈幸せの小福餅〉
風野真知雄　隠密 味見方同心(四)〈恐怖の流しそうめん〉
風野真知雄　隠密 味見方同心(五)〈フグの毒鍋〉
風野真知雄　隠密 味見方同心(六)〈鵺の闇鍋〉
風野真知雄　隠密 味見方同心(七)〈絵巻寿司〉
風野真知雄　隠密 味見方同心(八)〈ふふふの麩〉
風野真知雄　隠密 味見方同心(九)〈殿さま漬け〉
風野真知雄　昭和探偵 1
風野真知雄　昭和探偵 2
風野真知雄　昭和探偵 3

風野真知雄　昭和探偵 4
カレー沢薫　負ける技術
カレー沢薫　もっと負ける技術〈カレー沢薫の日常と退廃〉
カレー沢薫　非リア王
下野康史(かばた)　ポルシェより、フェラーリより、ロードバイクが好き〈熱狂と悦楽の自転車ライフ〉
野崎雅人
佐々原史緒　戦国BASARA3〈真田幸村の章／猿飛佐助の章〉
矢野隆
映島巡　戦国BASARA3〈伊達政宗の章／片倉小十郎の章〉
タタツシンイチ
鏡征爾　戦国BASARA3〈長曾我部元親の章／毛利元就の章〉
タタツシンイチ
梶よう子　戦国BASARA3〈徳川家康の章／石田三成の章〉
風森章羽(しょう)　渦巻く回廊の鎮魂曲(レクイエム)〈霊媒探偵アーネスト〉
風森章羽　清らかな煉獄〈霊媒探偵アーネスト〉
加藤千恵　こぼれ落ちて季節は
神田茜　しょっぱい夕陽
神林長平　だれの息子でもない
神楽坂淳　うちの旦那が甘ちゃんで
神楽坂淳　うちの旦那が甘ちゃんで 2
神楽坂淳　うちの旦那が甘ちゃんで 3
神楽坂淳　うちの旦那が甘ちゃんで 4
神楽坂淳　うちの旦那が甘ちゃんで 5

神楽坂淳　うちの旦那が甘ちゃんで 6
加藤元浩　捕まえたもん勝ち！〈七夕菊乃の捜査報告書〉
梶永正史　銃の啼(な)き声〈潔癖刑事・田島慎吾〉
金田一春彦／安西愛子 編　日本の唱歌 全三冊
岸本英夫　死を見つめる心〈ガンとたたかった十年間〉
北方謙三　君に訣別の時を
北方謙三　われらが時の輝き
北方謙三　夜の終り
北方謙三　帰路
北方謙三　錆びた浮標(ブイ)
北方謙三　汚名の広場
北方謙三　夜の眼
北方謙三　試みの地平線〈伝説復活編〉
北方謙三　煤煙
北方謙三　旅のいろ
北方謙三　新装版 活路(上)(下)
北方謙三　新装版 余燼(上)(下)
北方謙三　抱影
菊地秀行　魔界医師メフィスト〈怪屋敷〉

講談社文庫 目録

菊地秀行 吸血鬼ドラキュラ
北原亞以子 深川澪通り木戸番小屋
北原亞以子 新地橋〈深川澪通り木戸番小屋〉
北原亞以子 夜の明けるまで〈深川澪通り木戸番小屋〉
北原亞以子 澪つくし〈深川澪通り木戸番小屋〉
北原亞以子 たからもの〈深川澪通り木戸番小屋〉
北原亞以子 降りしきる
北原亞以子 贋作天保六花撰
北原亞以子 花冷え
北原亞以子 歳三からの伝言
北原亞以子 お茶をのみながら
北原亞以子 その夜の雪
北原亞以子 江戸風狂伝
桐野夏生 新装版 顔に降りかかる雨
桐野夏生 新装版 天使に見捨てられた夜
桐野夏生 新装版 ローズガーデン
桐野夏生 OUT(上)(下)
桐野夏生 ダーク(上)(下)
桐野夏生 猿の見る夢

京極夏彦 文庫版 姑獲鳥の夏
京極夏彦 文庫版 魍魎の匣
京極夏彦 文庫版 狂骨の夢
京極夏彦 文庫版 鉄鼠の檻
京極夏彦 文庫版 絡新婦の理
京極夏彦 文庫版 塗仏の宴―宴の支度
京極夏彦 文庫版 塗仏の宴―宴の始末
京極夏彦 文庫版 百鬼夜行―陰
京極夏彦 文庫版 百器徒然袋―雨
京極夏彦 文庫版 百器徒然袋―風
京極夏彦 文庫版 今昔続百鬼―雲
京極夏彦 文庫版 陰摩羅鬼の瑕
京極夏彦 文庫版 邪魅の雫
京極夏彦 文庫版 死ねばいいのに
京極夏彦 文庫版 ルー＝ガルー〈忌避すべき狼〉
京極夏彦 文庫版 ルー＝ガルー2〈インクブス×スクブス 相容れぬ夢魔〉
京極夏彦 分冊文庫版 姑獲鳥の夏(上)(下)
京極夏彦 分冊文庫版 魍魎の匣(上)(中)(下)
京極夏彦 分冊文庫版 狂骨の夢(上)(中)(下)

京極夏彦 分冊文庫版 鉄鼠の檻 全四巻
京極夏彦 分冊文庫版 絡新婦の理(一)(二)
京極夏彦 分冊文庫版 絡新婦の理(三)(四)
京極夏彦 分冊文庫版 塗仏の宴 宴の支度(上)(中)(下)
京極夏彦 分冊文庫版 塗仏の宴 宴の始末(上)(中)(下)
京極夏彦 分冊文庫版 陰摩羅鬼の瑕(上)(中)(下)
京極夏彦 分冊文庫版 邪魅の雫(上)(中)(下)
京極夏彦 分冊文庫版 ルー＝ガルー〈忌避すべき狼〉(上)(下)
京極夏彦 分冊文庫版 ルー＝ガルー2〈インクブス×スクブス 相容れぬ夢魔〉(上)(下)
京極夏彦・原作 志水アキ・漫画 コミック版 姑獲鳥の夏(上)(下)
京極夏彦・原作 志水アキ・漫画 コミック版 魍魎の匣(上)(下)
京極夏彦・原作 志水アキ・漫画 コミック版 狂骨の夢(上)(下)
北森鴻 狐罠
北森鴻 花の下にて春死なむ
北森鴻 香菜里屋を知っていますか
北森鴻 親不孝通りラプソディー
北村薫 盤上の敵
北村薫 紙魚家崩壊〈九つの謎〉
北村薫 野球の国のアリス

岸　惠子　30年の物語
木内一裕　藁の楯
木内一裕　水の中の犬
木内一裕　アウト&アウト
木内一裕　キッド
木内一裕　デッドボール
木内一裕　神様の贈り物
木内一裕　喧嘩猿
木内一裕　バードドッグ
木内一裕　不愉快犯
木内一裕　嘘ですけど、なにか？
北山猛邦　『クロック城』殺人事件
北山猛邦　『瑠璃城』殺人事件
北山猛邦　『アリス・ミラー城』殺人事件
北山猛邦　『ギロチン城』殺人事件
北山猛邦　私たちが星座を盗んだ理由
北山猛邦　猫柳十一弦の後悔〈不可能犯罪定数〉
北山猛邦　猫柳十一弦の失敗〈探偵助手五箇条〉
北　康利　白洲次郎　占領を背負った男 (上)(下)

北　康利　福沢諭吉　国を支えて国を頼らず (上)(下)
北　康利　吉田茂　ポピュリズムに背を向けて (上)(下)
北原尚彦　死美人辻馬車
北尾トロ　テッカ場
樹林　伸　東京ゲンジ物語
貴志祐介　新世界より (上)(中)(下)
北川貴士　マグロはおもしろい〈美味のひみつ、生き様のなぞ〉
木下半太　サバイバー
北原みのり　毒婦。〈木嶋佳苗100日裁判傍聴記〉
北原みのり　木嶋佳苗100日裁判傍聴記〈佐藤優対談収録完全版〉
北　夏輝　恋都の狐さん
北　夏輝　美都（みと）で恋めぐり
北　夏輝　狐さんの恋結び
岸本佐知子 編訳　変愛（ヘンアイ）小説集
岸本佐知子 編　変愛小説集　日本作家編
木原浩勝　文庫版 現世怪談（うつしよかいだん）(一)　主人の帰り
木原浩勝　文庫版 現世怪談(二)　白刃の盾
木原浩勝　増補改訂版 もう一つの「バルス」〈宮崎駿と『天空の城ラピュタ』の時代〉
喜国雅彦　国樹由香　メフィストの漫画

清武英利　石つぶて〈警視庁 二課刑事の残したもの〉
清武英利　しんがり〈山一證券 最後の12人〉
黒岩重吾　新装版 古代史への旅
栗本　薫　新装版 絃（いと）の聖域
栗本　薫　新装版 ぼくらの時代
栗本　薫　新装版 優しい密室
栗本　薫　新装版 鬼面の研究
黒井千次　カーテンコール
黒井千次　日の砦
倉橋由美子　よもつひらさか往還
黒柳徹子　窓ぎわのトットちゃん　新組版
工藤美代子　今朝の骨肉、夕べのみそ汁
倉知　淳　新装版 星降り山荘の殺人
倉知　淳　シュークリーム・パニック
熊谷達也　浜の甚兵衛
鯨　統一郎　タイムスリップ森鷗外
倉阪鬼一郎　大江戸秘脚便
倉阪鬼一郎　娘飛脚を救え〈大江戸秘脚便〉
倉阪鬼一郎　開運十社巡り〈大江戸秘脚便〉

倉阪鬼一郎　決戦、武甲山〈大江戸秘脚便〉
倉阪鬼一郎　八丁堀の忍
倉阪鬼一郎　八丁堀の忍(二)〈大川端の死闘〉
倉阪鬼一郎　八丁堀の忍(三)〈遥かなる故郷〉
草野たき　ハチミツドロップス
黒田研二　ウェディング・ドレス
黒田研二　ペルソナ探偵
黒田研二　ナナフシの恋〈～Mimetic Girl～〉
黒野耐　「たられば」の日本戦争史〈もし真珠湾攻撃がなかったら〉
楠木誠一郎　火除け地蔵〈立ち退き長屋顚末記〉
楠木誠一郎　聞き耳地蔵〈立ち退き長屋顚末記〉
群像編　12星座小説集
草凪優　わたしの突然。あの日の出来事。
草凪優　芯までとけて。最高の私。
桑原水菜　弥次喜多化かし道中
朽木祥　風の靴
黒木渚　壁の鹿
栗山圭介　居酒屋ふじ
栗山圭介　国士舘物語

決戦！シリーズ　決戦！関ヶ原
決戦！シリーズ　決戦！大坂城
決戦！シリーズ　決戦！本能寺
決戦！シリーズ　決戦！川中島
決戦！シリーズ　決戦！桶狭間
決戦！シリーズ　決戦！関ヶ原2
小峰元　アルキメデスは手を汚さない
今野敏　ST警視庁科学特捜班 エピソード1〈新装版〉
今野敏　ST警視庁科学特捜班 毒物殺人〈新装版〉
今野敏　ST警視庁科学特捜班〈黒いモスクワ〉
今野敏　ST警視庁科学特捜班〈青の調査ファイル〉
今野敏　ST警視庁科学特捜班〈赤の調査ファイル〉
今野敏　ST警視庁科学特捜班〈黄の調査ファイル〉
今野敏　ST警視庁科学特捜班〈緑の調査ファイル〉
今野敏　ST警視庁科学特捜班〈黒の調査ファイル〉
今野敏　ST為朝伝説殺人ファイル〈警視庁科学特捜班〉
今野敏　ST桃太郎伝説殺人ファイル〈警視庁科学特捜班〉
今野敏　ST沖ノ島伝説殺人ファイル〈警視庁科学特捜班〉
今野敏　ST化合 エピソード0〈警視庁科学特捜班〉

今野敏　STプロフェッション〈警視庁科学特捜班〉
今野敏　ギガース〈宇宙海兵隊〉
今野敏　ギガース2〈宇宙海兵隊〉
今野敏　ギガース3〈宇宙海兵隊〉
今野敏　ギガース4〈宇宙海兵隊〉
今野敏　ギガース5〈宇宙海兵隊〉
今野敏　ギガース6〈宇宙海兵隊〉
今野敏　特殊防諜班 連続誘拐
今野敏　特殊防諜班 組織報復
今野敏　特殊防諜班 標的反撃
今野敏　特殊防諜班 凶星降臨
今野敏　特殊防諜班 諜報潜入
今野敏　特殊防諜班 聖域炎上
今野敏　特殊防諜班 最終特命
今野敏　茶室殺人伝説
今野敏　奏者水滸伝 白の暗殺教団
今野敏　フェイク〈疑惑〉
今野敏　同期
今野敏　欠落

今野　敏　変幻
今野　敏　警視庁FC
今野　敏　継続捜査ゼミ
今野　敏　蓬萊〈新装版〉
今野　敏　イコン〈新装版〉
後藤正治　天人〈深代惇郎と新聞の時代〉
幸田　文　崩れ
幸田　文　台所のおと
幸田　文　季節のかたみ
小池真理子　記憶の隠れ家
小池真理子　美神
ミューズ
小池真理子　冬の伽藍
小池真理子　恋愛映画館
小池真理子　ノスタルジア
小池真理子　夏の吐息
小池真理子　千日のマリア
幸田真音　マネー・ハッキング
幸田真音　日本国債(上)(下)〈改訂最新版〉
幸田真音　eの悲劇〈IT革命の光と影〉

幸田真音　凛冽の宙
幸田真音　コイン・トス
幸田真音　あなたの余命教えます
五味太郎　大人問題
鴻上尚史　あなたの魅力を演出するちょっとしたヒント
鴻上尚史　あなたの思いを伝える表現力のレッスン
鴻上尚史　八月の犬は二度吠える
鴻上尚史　鴻上尚史の俳優入門
鴻上尚史　青空に飛ぶ
小林紀晴　アジアロード
小泉武夫　地球を肴に飲む男
小泉武夫　納豆の快楽
小泉武夫　小泉教授が選ぶ「食の世界遺産」日本編
近藤史人　藤田嗣治「異邦人」の生涯
小前　亮　李世民
小前　亮　趙匡胤〈宋の太祖〉
小前　亮　李巌と李自成
小前　亮　中国皇帝伝〈歴史を動かした28人の光と影〉
小前　亮　朱元璋　皇帝の貌

小前　亮　覇帝フビライ〈世界支配の野望〉
小前　亮　唐玄宗紀
小前　亮　賢帝と逆臣と〈康熙帝と三藩の乱〉
小前　亮　始皇帝の永遠〈天下一統〉
香月日輪　妖怪アパートの幽雅な日常①
香月日輪　妖怪アパートの幽雅な日常②
香月日輪　妖怪アパートの幽雅な日常③
香月日輪　妖怪アパートの幽雅な日常④
香月日輪　妖怪アパートの幽雅な日常⑤
香月日輪　妖怪アパートの幽雅な日常⑥
香月日輪　妖怪アパートの幽雅な日常⑦
香月日輪　妖怪アパートの幽雅な日常⑧
香月日輪　妖怪アパートの幽雅な日常⑨
香月日輪　妖怪アパートの幽雅な日常⑩
香月日輪　妖怪アパートの幽雅な食卓〈るり子さんのお料理日記〉
香月日輪　妖怪アパートの幽雅な人々〈妖アパミニガイド〉
香月日輪　妖怪アパートの幽雅な日常〈ラスベガス外伝〉
香月日輪　大江戸妖怪かわら版①〈異界より落ち来る者あり〉
香月日輪　大江戸妖怪かわら版②〈異界より落ち来る者あり　其之二〉

講談社文庫　目録

講談社文庫　目録

佐高　信　石原莞爾その虚飾
佐高　信　わたしを変えた百冊の本
佐高　信　新装版 逆命利君
さだまさし　遙かなるクリスマス
佐藤雅美　影帳　半次捕物控
佐藤雅美　揚羽の蝶(上)(下)〈半次捕物控〉
佐藤雅美　命みょうが〈半次捕物控〉
佐藤雅美　疑惑〈半次捕物控〉
佐藤雅美　泣く子と小三郎〈半次捕物控〉
佐藤雅美　髻塚不首尾一件始末〈半次捕物控〉
佐藤雅美　天才絵師と幻の生首〈半次捕物控〉
佐藤雅美　御当家七代お祟り申す〈半次捕物控〉
佐藤雅美　一石二鳥の敵討ち〈半次捕物控〉
佐藤雅美　恵比寿屋喜兵衛手控え
佐藤雅美　物書同心居眠り紋蔵
佐藤雅美　隼小僧異聞〈物書同心居眠り紋蔵〉
佐藤雅美　密約〈物書同心居眠り紋蔵〉
佐藤雅美　お尋者〈物書同心居眠り紋蔵〉
佐藤雅美　老博奕打ち〈物書同心居眠り紋蔵〉

佐藤雅美　四両二分の女〈物書同心居眠り紋蔵〉
佐藤雅美　白い息〈物書同心居眠り紋蔵〉
佐藤雅美　向井帯刀の発心〈物書同心居眠り紋蔵〉
佐藤雅美　一心斎不覚の筆禍〈物書同心居眠り紋蔵〉
佐藤雅美　魔物が棲む町〈物書同心居眠り紋蔵〉
佐藤雅美　ちよの負けん気、実の父親〈物書同心居眠り紋蔵〉
佐藤雅美　へこたれない人〈物書同心居眠り紋蔵〉
佐藤雅美　わけあり師匠事の顛末〈物書同心居眠り紋蔵〉
佐藤雅美　御奉行の頭の火照り〈物書同心居眠り紋蔵〉
佐藤雅美　江戸繁昌記〈寺門静軒無聊伝〉
佐藤雅美　青雲遙かに〈大内俊助の生涯〉
佐藤雅美　十五万両の代償〈十一代将軍家斉の生涯〉
佐藤雅美　千世と与一郎の関ヶ原
佐藤雅美　悪足掻きの跡始末 厄介弥三郎
佐々木　譲　屈折率
酒井順子　結婚疲労宴
酒井順子　ホメるが勝ち！
酒井順子　負け犬の遠吠え
酒井順子　その人、独身？

酒井順子　駆け込み、セーフ？
酒井順子　いつから、中年？
酒井順子　女も、不況？
酒井順子　金閣寺の燃やし方
酒井順子　昔は、よかった？
酒井順子　もう、忘れたの？
酒井順子　そんなに、変わった？
酒井順子　泣いたの、バレた？
酒井順子　気付くのが遅すぎて、
酒井順子　朝からスキャンダル
佐野洋子　嘘ばっか〈新釈・世界おとぎ話〉
佐野洋子　コッコロから
佐川芳枝　寿司屋のかみさん うまいもの暦
佐川芳枝　寿司屋のかみさん 二代目入店
笹生陽子　ぼくらのサイテーの夏
笹生陽子　きのう、火星に行った。
笹生陽子　世界がぼくを笑っても
佐伯泰英　変化〈交代寄合伊那衆異聞〉
佐伯泰英　雷鳴〈交代寄合伊那衆異聞〉

講談社文庫　目録

講談社文庫　目録

2019年12月15日現在

2022年 YJC ダッシュエックスコミックス
6月刊 大好評発売中!!
ASH X COMIC INFORMATION
底辺大金持ち!?
ブラック企業で酷使された社畜が渋谷のダンジョンに挑んだら、チートスキルをゲットして一夜にして年収500倍に!?
社畜、ダンジョンだらけの世界で固有スキル『強欲』を手に入れて最強のバランスブレーカーになる 1
～会社を辞めてのんびり暮らします～
[原作] 相野 仁 [漫画] 拓平 [キャラクター原案] 転
闇堕ち勇者の残虐劇、この勢いが止まらない!
復讐を希う最強勇者は、闇の力で殲滅無双する⑦
原作/斧名田マニマニ 漫画/坂本あきら
コンテ/半次 キャラクター原案/荒野
過去からやってきた"最強"が学園で無双する!!
劣等眼の転生魔術師⑩
～虐げられた元勇者は未来の世界を余裕で生き抜く～
原作/柑橘ゆすら 漫画/峠 比呂
コンテ/猫箱ようたろ キャラクター原案/ミユキルリア
両片想い新婚ラブコメ、甘さ倍増の第2巻♥
尽くしたがりなうちの嫁についてデレてもいいか?②
原作/斧名田マニマニ
漫画/北屋けけ
奴隷少女と共に逆転を狙う成り上がり冒険譚!
コキ使われて追放された元Sランクパーティのお荷物魔術師の成り上がり②
～「器用貧乏」の冒険者、最強になる～
原作/LA軍 漫画/二宮カク キャラクター原案/ユキバスターZ
水曜日はまったり ダッシュエックスコミック
ニコニコ漫画にて大好評配信中!!
水曜日はまったりダッシュエックスコミック で検索!

ダッシュエックス文庫

レベルリセット
～ゴミスキルだと勘違いしたけれど実はとんでもないチートスキルだった～
雷舞蛇尾
イラスト／さかなへん

レベルリセット2
～ゴミスキルだと勘違いしたけれど実はとんでもないチートスキルだった～
雷舞蛇尾
イラスト／さかなへん

ログアウトしたのはVRMMOじゃなく本物の異世界でした
～現実に戻ってもステータスが壊れている件～
とーわ
イラスト／KeG（ケージ）

俺はまだ、本気を出していない7
三木なずな
イラスト／さくらねこ

神童と呼ばれた少年が獲得したスキルは、毎日レベルが1に戻る異質なもの!? だがある可能性に気付いた少年は、大逆転を起こす!!

新たなスキルクリスタルと愛馬の解呪を求めて、スカーレットと風崖都市を目指すラグナス。そこで彼を待っていたものとは一体…!?

自分の命を代償に仲間を復活させVRMMOをログアウトしたはずが、現実世界がスキルの使える異世界に!? 規格外少年の攻略記!!

伝説の魔剣をいくつも使えることがバレちゃった!? 魔剣で悲しみや噂、世界の封印さえも断ち切って突き進む最強当主の成功物語!!

ダッシュエックス文庫

レベルダウンの罠から始まるアラサー男の万能生活2

ジルコ

2022年6月29日　第1刷発行

★定価はカバーに表示してあります

発行者　瓶子吉久
発行所　株式会社　集英社
〒101−8050　東京都千代田区一ツ橋2−5−10
03(3230)6229(編集)
03(3230)6393(販売／書店専用) 03(3230)6080(読者係)
印刷所　大日本印刷株式会社

ISBN978-4-08-631473-2 C0193